한 방랑자의 시시한 여행

그리고 그 소소한 기록

사/색/여/담 가을 : 여행, 그 너머에 있을 무언가

초판 1쇄 2017년 09월 01일

지은이 구보
발행인 김재홍
디자인 이근택
교정 · 교열 김진섭
마케팅 이연실

발행처 도서출판 지식공감
등록번호 제396-2012-000018호
주소 경기도 고양시 일산동구 견달산로225번길 112
전화 02-3141-2700
팩스 02-322-3089
홈페이지 www.bookdaum.com

가격 13,000원
ISBN 979-11-5622-305-4 04810
SET ISBN 979-11-5622-302-3 04810

CIP제어번호 CIP2017019686
이 도서의 국립중앙도서관 출판예정도서목록(CIP)은 서지정보유통지원시스템 홈페이지(http://seoji.nl.go.kr)와 국가자료공동목록시스템(http://www.nl.go.kr/kolisnet)에서 이용하실 수 있습니다.

사 / 색 / 여 / 담

가을

여행, 그 너머에 있을 무언가

글·사진 | 구보

문학공감 도서출판

목차

프롤로그

이탈리아

다섯 번째 계절

"나쁜 생각이란 마치 머리 위를 스치는 새와 같아서 막아낼 도리가 없다. 그러나 그 나쁜 생각이 머리 한가운데 자리를 틀고 앉지 못하게 막을 힘은 누구에게나 있다."

– 마틴 루터 킹

아름다운 설경이 있는 한겨울의 날씨도 아닌, 봄의 싱그러움과는 너무나 멀찍이 떨어져 있는 애매한 계절. 돌이켜 봤을 때 어쩌면 내가 여행을 생각하게 된 날은 광화문에서 서성이던 그 날인 듯하다. 그곳에는 삶과 진실의 죽음을 애도하는 노란 리본이 살바람에 서글프게 휘날리고 있었다. 나는 그 날 두 편의 영화를 봤다. 끊임없이 나를 침식시키고 부식시키는 생각들을 잠시나마 쫓아내 준 것들 중 하나는 영화였다.

어떠한 우연인지 폭식증 환자가 음식을 탐하듯 중독 증세처럼 봤던 영화 중 상당수는 줄리엣 비노쉬가 출연한 영화였다. 1915년 겨울, 정신병원에 갇힌 까미유 끌로델은 100년 뒤인 2015년, 자기가 친 울타리에 스스로 갇혀버린 한심한 나를 미리 위로했다. 위험한 사고를 당한 레베카는 끔찍한 사고 이후 여러 선택지 앞에 망설이는 것밖에 할 줄 몰랐던 나를 독려했다. 순식간에 40살로 변해버린 30살 마리는 운명의 수레바퀴에서 내팽개쳐 튕겨 나와 고군분투하는 내 어깨를 다독였다. 그렇게 줄리엣 비노쉬 영화로 현실에 한 발 빗겨 서서 내 삶을 위로하며 시간을 죽였다.

그러던 중 마침, 줄리엣 비노쉬의 영화 두 편이 영화관에서 상영됐다. 〈클라우즈 오브 실스마리아〉 그리고 〈퐁네뜨의 연인들〉. 젊은 줄리엣 비노쉬와 늙은 줄리엣 비노쉬를 하루에 보는 특권이 버거웠는지 많은 생각에 매몰되어 허덕였다. 〈퐁네트의 연인들〉에서 단순히 서툴다고 표현하기는 애매한 비정상적인 사랑을 하는 미셸은 아름답고 젊은 줄리엣 비노쉬였다. 〈클라우즈 오브 실스마리아〉에서 젊음과 인기가 시간에 의해 쓸려간 자리에 질투와 투정만 남은 마리아는 늙어버린 줄리엣 비노쉬였다.

서툶과 설익음에서 성숙과 연륜으로 변화하지 못하고 추함과 어리석음으로 바뀐 내 모습을 보는 것 같았다. 스크린은 거울이었다. 그래서일까? 마녀사냥을 구경하는 성난 군중들처럼 난폭한 생각들이 몰려와 나를 조롱했다.

그때 내 핸드폰에는 한 메시지가 도착했다.

"시간 괜찮으면 우리 집으로 와."

그 친구 집은 지방이라 가려면 꽤 오랜 시간이 필요했다. 평소면 무시했을 테지만 생각을 정리할 요량으로 무작정 지방으로 향하는 버스를 탔다. 평일 낮 시간이라 승객은 콩밥의 콩처럼 듬성듬성했다. 창가 자리에 앉아 이어폰을 귀에 넣고 진공청소기로 정리 안 된 방구석의 먼지를 빨아들이듯 머릿속 구석구석 쌓여있는 잡다한 생각들을 제거해보려 했다.

그러나 나를 위로한 것은 음악이 아닌 국도 옆 야산에 떨어지지 않은 채로 가지에 매달린 채 말라버린 잎사귀들이었다. 전구를 켜면 바퀴벌레가 재빨리 몸을 숨기듯 푸석한 잎새를 보며 스치는 생각들은 느닷없이 잡생각들을 순식간에 내쫓았다.

이름도 알려지지 않은 그곳에서 그들은 한때 누구보다 푸르렀고, 한때는 불타듯 붉게 물들었다. 이제는 말라비틀어진 몸을 앙상한 나뭇가지에 힘겹게 매달고 있었다. 기억된 적 없고 기억되지도 않을 삶을 애써 버티는 모습에 괜스레 마음이 울렁거렸다. 아무도 기억해주지 않아도 충실히 주어진 삶을 살아가는 모습이 뭉클하게 다가온 이유는 약해지다 못해 지나치게 감성적으로 변해버린 내 기분 탓이겠지만 훌륭한 위로가 되었다.

"버려야 할 것이 무엇인지 아는 순간부터 나무는 가장 아름답게 불탄다."

– 도종환, 「단풍 드는 날」

흔히 가을은 수확의 계절이라고 하지만 가을은 상실을 맞이하는 계절이기도 하다. 사람들은 수확한 열매를 가지고 겨울을 준비한다. 하지만 나무는 다르다. 열매가 떨어져 나간 가지는 마르고 잎사귀마저 놓아버리면서 겨울을 견딜 채비를 한다.

나도 내가 쌓아놓은 것들을 놓아야 할 때인지도 모른다. 많은 것을 내어 보낸 앙상한 몰골로 겨울을 마주하고 견뎌내는 일. 인생의 대단한 의식처럼 보이지만 사실 어쩌면 우리가 살면서 꽤 자주 겪는 일상의 모습이다.

그렇게 우리는 혹독한 겨울을 견디며 봄을 다시 만날 채비를 한다. 영영 오지 않을 수도 있는 봄을 그렇게 또다시 미련하게 바라고 기다리며 인생의 겨울을 감내한다.

남부 유럽

이탈리아와 프랑스, 스페인, 포르투갈, 모로코.

모든 국기에는 빨간색이 들어간다.

이탈리아의 빨갛게 익은 토마토

프랑스의 붉은 와인

스페인의 탱고 리듬에 흔들리는 빨간 치마,

빨간 깃발에 달려드는 투우 소의 빨간 피

포르투갈의 빨간 정서.

눈시울을 붉히게 하는 그리움, 얼굴을 붉게 만드는 기억

모로코에 붉은 사막과 빨갛고 슬픈 일몰

아드리아 해를 가로질러 이탈리아 반도로

배를 타고 이탈리아로 간다. 여권에 도장을 차곡차곡 모으고 있던 차에 크로아티아 출국 도장은 외딴 페이지에 혼자 덩그러니 찍혔다. 그래도 좋았다. '이탈리아 종단일주'가 주는 느낌만으로도 가슴이 설렌다. 크로아티아 두브로브니크에서 이탈리아 바리로 가는 배는 내리쬐는 햇살을 동력으로 항해를 시작하는 듯했다. 보통은 저녁 출항이라 배에서 하룻밤을 보내지만 내가 페리를 타는 날에는 낮에 출발해 저녁에 이탈리아에 도착하는 여정이었다. 내가 좋아하는 여행 작가는 이탈리아를 발음할 때 입술이 모였다가 떨어지고 다시 만났다가 벌어지는 부드러운 움직임이 좋다고 했다. 나도 이탈리아라는 단어를 천천히 발음하며 바닷바람을 입에 머금었다.

배를 타고 선미 갑판 위에서 여행하는 일은 언제나 즐겁다. 탈 것 중에 개인적으로 가장 위험하다고 생각되는 이 방법은 큰 위험만큼이나 많은 생각들을 던져준다. 갈매기들이 두브로브니크 다리까지 친히 마중을 나와 나에게 인사한다. 멋있는 날갯짓으로 빙글빙글 배 주위를 맴돌기도 하고 가끔은 바람에 비틀거린다. 그런 모습은 『갈매기의 꿈』의 조나단 시절을 떠올리게 한다.

> "갈매기들은 알다시피 결코 비틀거리지 않으며, 중심을 잃고 속도를 떨어뜨리는 법도 없다. 공중에서 비틀거린다는 것은 갈매기들에게 수치이며 불명예스런 일이다. 그러나 조나단 리빙스턴 시절은 조금도 부끄러워하지 않고, 몸이 떨리는 그 힘든 선회를 하기 위해 다시금 날개를 뻗었다. 천천히, 천천히, 그러다가 또다시 중심을 잃고 비틀거렸다. 그는 결코 평범한 갈매기가 아니었다."
>
> – 〈갈매기의 꿈〉

조나단 시걸은 지루함과 두려움이 갈매기의 삶을 그토록 짧게 만드는 원인이라는 사실을 깨닫고 비행의 의미를 재정립한다. 단지 이곳에서 저곳으로 날아가는 것만이 나는 것의 전부는 아니기 때문이다. 한 마리 모기도 그 정도는 할 수 있기 때문에 그는 완벽에 가까운 비행을 배우고자 했다. 실패의 두려움이 나를 갉아먹지 않게 담대하게 살아내자고 다짐했다.

갈매기들이 점차 멀어지면서 내 눈은 배가 가르고 지나간 물길을 무심히 바라봤다. 바람을 맞으며 또 다른 생각에 잠겼다. 어떤 흔적도 남기지 않은 채 적당한 속도를 유지하며 배는 망망대해를 가로지른다. 앞서 간 자의 흔적이 남아있지 않아 바른길로 가고 있는지 확인할 수 있는 기회는 허락되지 않는다. 끝없이 펼쳐진 수평선만 지겹게 바라보며 가끔 마주치는 섬이나 작은 배에 지나치게 반가운 반응을 보이는 게 전부다. 여행자의 모습도 이러해야 된다고 다짐한다. 나의 여행은 흔적이 남지 않아야 하며 어떤 것도 해치거나 변화를 주어서는 안 된다. 깊은 세계의 겉표면을 훑고 스치듯 지나가야 한다. 그리고 작은 것에 큰 감동을 느끼는 민감한 감성도 지녀야 한다. 바다 위를 항해한다고 해서 바다를 아는 게 아니듯, 깊고 넓은 미지의 세계에 발 디딘 적이 있다고 섣불리 아는 척하며 덤벼서도 안 된다.

각기 다른 특색을 지닌 도시들이 촘촘히 모여 있는 이탈리아. 오랜 역사를 품은 많은 유적지들, 유명한 음식 그리고 와인. 음악과 미술 등 다양한 문화가 꽃피는 도시. 유서 깊은 가문의 세계 최고 장인들이 모여 있어 삼류 영화들마저 장인정신이 느껴지는 나라. 많은 수식어가 붙어야 소개할 수 있는 나라. 비판이 있긴 하지만 시오노 나나미에게 큰 가르침을 주었던 나라. 나에게는 어떤 모습들을 보여줄지 가슴이 일렁인다. 이탈리아 여행은 세 가지로 요약된다.

Mangiare 만쟈레 (먹다)
Canzone 칸초네 (노래하다)
Amare 아마레 (사랑하다)

산타클로스의 도시

바리

배는 바리 항구에 정박을 시작했다. 파랗던 하늘이 붉게 타기 시작한다. 부츠와 닮은 이탈리아 땅. 풀리아 주는 정확히 뒷굽에 해당하는 지역이다. 풀리아 주의 주도, 바리에서 나의 이탈리아 여행은 시작된다.

바리는 성 니콜라 대성당이 있는 곳으로 많은 순례자들의 발길이 닿았던 곳이다. 성 니콜라우스의 유해가 보존되어 있는 곳으로 성 니콜라우스는 산타클로스의 실제 모델이다. 그의 행적 가운데 가난한 집안의 세 딸에게 지참금을 준 일화는 산타클로스의 모태가 된다.

세 딸을 둔 한 가난한 집안이 있었다. 너무 가난해서 딸들을 시집보낼 수 없게 되자 아버지는 사창가로 딸들을 팔아버릴 결심을 한다. 우연히 이 소식을 들은 니콜라우스 주교는 그 가난한 딸들을 돕고자 밤중에 몰래 굴뚝에다가 딸들을 출가시키기 넉넉할 만큼의 황금이 들어있는 자루 세 개를 던져 놓았다. 그 덕분에 세 딸은 사창가로 팔려갈 위기를 모면했고 정당하게 결혼할 수 있었다고 전해진다.

이 전설은 수세기를 거치면서 니콜라우스의 축일에 아무도 모르게 선물을 주는 관습으로 발전하였다. 이와 같은 이야기는 성탄절에 산타클로스가 아이들에게 선물을 주는 풍습으로 변모했다. 라틴어로 성 니콜라우스를 뜻하는 상투스 니콜라우스는 네덜란드어로 산테 클라스라 불렀다. 이 발음이 영어식으로 변형되어 오늘날의 산타클로스가 되었다. 니콜라우스 주교는 사회적 약자를 돌보는 일에 매진했다. 그의 교구는 늘 자금이 넉넉하지 못하여 성직자들이 끼니를 거를 때가 많았다고 한다.

사실 그의 유해는 터키에 있었다. 바리는 당시 동방 무역의 거점이자 군사적 교두보 역할로 번성하던 시기를 지나 점점 몰락해가고 있었다. 마침 성지 순례길로 아피아 가도가 유명해지자, 아피아 가도에서 벗어나 있던 바리의 번영을 위해 1087년에 그의 유해를 훔쳐왔다.

그리고 바리 시민들은 성 니콜라 대성당을 세웠다. 그 후 이 성 니콜라 대성당에서 여러 가지 기적들이 일어났고 많은 순례자들이 이곳으로 다시 모이기 시작했다.

이곳에서 내가 산타 할아버지에게 받은 선물은 음식 그리고 싱글룸이다. 의식주 중에 식주를 선물 받았으니 이보다 더 큰 선물이 있을까?

항구를 벗어나 구시가지로 향하는 길에서 만난 동네 피자집. 화덕에 참나무를 떼며 피자를 굽는 허름한 레스토랑이 보였다. 숙소도 들어가지 않은 채 짐을 내려놓고 피자를 주문했다. 가스를 이용해 화덕에 피자를 굽는 방식이 아닌 참나무라니. 나는 처음 방문한 이탈리아 식당에서 참나무 화덕 '포르노'에 구운 피자를 먹었을 때는 앞으로 쉽게 접할 수 있을 거라 믿었다. 하지만 놀랍게도 이탈리아를 여행하면서 참나무 향이 밴 피자를 먹을 기회는 생각보다 많지 않았다.

풀리아 주는 이탈리아 해산물과 파스타의 주요 생산지다. 이곳에서는 예전부터 회로 해산물을 먹는 문화가 있었다. 바리 사람들은 식전에 맥주와 함께 갓 잡은 문어 다리를 먹는다. 초장이 없어도 바다의 소금기가 남아 있어 무척 맛있다. 파스타 또한 직접 손으로 빚는 레스토랑이 많다. 이곳에 가장 유명한 파스타는 '오레키에테Orrcciette'로 작은 귀라는 뜻을 가지고 있다. 작은 귀처럼 중앙이 오목한 타원형 모양이다. 바리의 골목마다 이 파스타를 말리는 모습을 쉽게 만날 수 있다. 이탈리아에서 가장 오래된 파스타 중 하나로 중세 시대 풀리아 주에서 유래했다고 알려져 있다. 이곳 사람들은 주로 오레키에테를 '체

메 디 라파'라고 불리는 브로콜리라브와 함께 먹는다.

저녁 9시가 지나면 구시가지는 시끌벅적해진다. 이 도시는 관광객들이 많지 않은 탓에 남부 이탈리아 사람들의 활기 넘치는 모습들을 쉽게 만날 수 있다. 손가락이 모인 손을 열정적으로 흔들며 큰 소리로 대화를 나눈다. 격하게 싸우는 듯하다가도 마지막은 호탕한 웃음으로 끝을 맺는다. 흔히 생각하는 이탈리아 남부의 풍경이 이곳에 고스란히 담겨있다. 일개 여행객일 뿐인 나에게도 더듬거리는 영어로 말을 건다. 대부분 이탈리아 북부 사람들을 욕하는 내용이다. 이곳에 와야 진정한 이탈리아를 경험할 수 있다고 하나같이 힘을 주며 말하곤 했다. 영화 〈웰컴 투 사우스〉의 현장에 온 것 같았다. 남부 사람들에 관한 루머와 편견에 휩싸인 알베르토가 남부로 전근가면서 겪었던 일화의 장면들을 떠올리며 경쾌한 마음으로 그들의 수다에 참여했다.

항상 알아듣지도 못할 수다 소리에 묻혀 외로움을 잠시 잊은 채 배를 불리고는 눅진한 공기를 가르며 최대한 기쁜 마음으로 숙소로 향하곤 했다. 유명한 관광지가 아닌 덕에 게스트하우스가 많지 않고 호텔도 합리적인 가격을 자랑한다. 방에 불을 켜고 침대에 몸을 던진다. 지갑과 귀중품 따위 그냥 책상에 올려놓으면 된다. 오랜만에 온전한 나의 공간을 가지는 기쁨을 누렸다. 내가 밤에 코를 고는지 신경 쓰지 않아서 좋고 샤워 후엔 발가벗은 채로 돌아다니는 자유를 맛볼 수 있다. 무엇보다 제일 좋은 것은 에어컨이 온전히 내 차지라는 점이다. 여행자의 행복은 참 소소하다. 작은 것에도 감사할 줄 알고 행복해할 줄 알게 된 것이 산타가 주는 진정한 선물이었다.

현실 속에 피어난 조금 슬픈 동화마을

알베로벨로

새하얀 외벽을 두른 둥근 집에 고깔모자 형태의 지붕이 있는 독특한 형태의 가옥들이 줄지어 서 있다. 트룰리트룰로의 복수형로 유명한 알베로벨로는 동화 같은 마을이다. 아침부터 정말 많은 비가 쏟아졌다. 알베로벨로 버스터미널에 앉아 비가 그치기만을 기다렸다. 로마시대부터 하수도 시설이 있었지만 하수구에 빗물이 넘친다. '어떻게 이탈리아가 이렇게 되었을까?' 라고 시작된 생각이 나이가 연륜을 뜻하지 않는다는 점, 경험이 지혜를 뜻하지 않는다는 점을 생각하기에까지 이르렀다. 한참을 생각하니 비가 어느 정도 잦아들기 시작했다. 정류장에서 비를 피하던 사람들이 하나둘 거리로 나서기 시작했다.

포폴로 광장에 도착하니 관광객들로 붐비는 모습이다. 비가 내렸던 탓에 걷기는 좋은 날씨였다. 몬티지구와 아이아 피콜라 지구에 1,400여 개가 남아 있다는 트룰리 사이를 걸었다. 물고기 비늘 모양으로 쌓은 원뿔형 지붕에는 건축가의 표시나 집주인을 상징하는 문양들이 그려져 있다. 각 문양이 달리 그려진 그 집의 다양한 이야기를 유추해보았다.

내 상상보다 더 방대한 이야기가 지붕의 돌 틈 사이에 끼워져 있다고 생각하니 이곳이 더욱더 동화마을처럼 느껴진다. 비탈진 언덕을 따라 트룰리가 옹기종기 모여 있는 몬티지구를 가벼운 발걸음으로 조심히 걸었다. 지금도 사람들이 살고 있는 곳에 무례하게 들락날락거리며 괜한 피해를 주고 있다는 죄책감을 덜기 위해서였다. 고양이 걸음으로 걸으니 마치 나도 동화 속 인물이 된 것처럼 마음이 유치와 순수의 경계를 넘나든다.

14세기부터 지어진 이 트룰로의 유래에 관해서 의견이 분분하다. 가장 많이 전해지고 있는 설은 세금을 회피하려고 이 돌 지붕을 쌓아 올렸다는 이야기다. 당시 이곳 사람들은 혹독한 세금 정책에 시달리고 있었다. 주로 지붕의 유무와 창문의 개수에 따라 세금이 부과되었기 때문에 세금 징수관이 오면 석회석 슬라브를 쌓은 지붕을 무너뜨렸다는 이야기다. 지붕세가 없어지면서 지금은 모르타르를 씌워 견고한 상태다. 또 다른 이야기는 마을 사람들의 아이디어가 아닌 영주의 계략이라는 설이다. 이곳에 봉건 영주는 주민들에게 순전히 돌로 지붕을 쌓을 것을 명했다고 한다. 이유는 제때 세금을 못 내는 사람들의 집을 신속하게 허물고자 하는 잔혹한 편의성 때문이었다. 어느 설이 맞는지는 정확하지 않으나 당시 사람들의 고단함과 영주의 폭정은 공통된 사실이다.

수난의 역사를 간직한 이곳이 지금 여행객들에게는 아름답고 순수하게만 다가온다. 현실의 팍팍함과 건조함 속에서 맑고 순수한 동화가 태어나듯 말이다. 현실은 이상 속에 꽃피우고 이상 속에도 현실이 존재한다는 말이 거칠게 맞아 들어가는 미묘한 느낌이 든다.

그럼에도 현실은 동화가 아니고 동화는 현실이 될 수 없다. 어린 시절 모두가 대부분 백설공주와 신데렐라의 삶을 꿈꾸지만 〈혐오스런 마츠코의 일생〉을 살아가기도 한다. 때론 공든 탑이 무너지고도 하며

아니 땐 굴뚝에서 연기가 나기도 한다. 발등을 찍는 건 다름 아닌 믿는 도끼인 게 현실의 비극이다. 현실에서는 백마 탄 왕자는 나타나지 않는다. 짚신짝은 꽃신이 아닌 짚신이다. 인생의 이유라고 믿었던 사랑에 완전히 무너지기도 한다. 그리고는 바보같이 또다시 사랑을 쌓는다. 그렇게 쌓아 올린 과업을 때론 자신의 손으로 무너트리고 또다시 쌓아보지만 결국 무너지는 게 현실인지도 모른다.

이러한 현실도 지나고 나면 아름답게 기억되기도 한다. 과거 속의 현실이 동화처럼 기억되기도 한다. 이 마을처럼 말이다. 어쩌면 우리가 계속 살아가야 할 이유인지도 모른다.

시간이 멈춘 도시

마테라

'육지 위에 섬'이라고도 불리는 마테라. 시간이 멈춘 듯한 도시는 압도적인 풍광을 자랑한다. 영화 〈패션 오브 크라이스트〉 촬영지기도 했다. 이 도시에서 가장 유명한 것은 동굴 집단 거주지인 사씨Sassi다. 구석기 시대부터 사람들이 거주했다고 알려진 이곳은 8세기부터 사람들이 본격적으로 정착하기 시작했다. 이탈리아 남부 바실리카타 주 아펜니노 산맥 깊은 곳에서 사람들은 어쩌면 구원을 기다리며 고단한 삶을 견뎠을지도 모른다. 그만큼 척박해 사람이 살 수 있는 환경이 아니다.

사람이 없어서 길가에는 황량한 분위기를 더한다. 1950년대부터 이탈리아 정부가 주민들을 신시가지로 이주시켰지만 지금도 사람들이 생활하는 모습이 군데군데 남아있다. 드러내지 않은 상처들과 삶의 고단함이 뭉쳐져 거대한 장관을 이룬다. 포스테르골라 오 피스톨라 광장이나 비토리오 베네토 광장에서 바라보는 도시의 모습이 압도적이지만 무작정 치비타, 사소 케베오소, 사소바리사노를 그냥 헤매듯이 거닐어 보는 것도 참 인상적이었다. 번영과 쇠락을 반복하다 점차 잊혀져 간 도시 속에서 2000년이 넘는 삶의 이야기들이 골목마다 흐르고 있었다. 그 흐름을 따라 걷는 것만으로도 많은 생각에 잠기게 하는 곳이다.

바로크의 정수

레체

레체는 '바로크의 피렌체'라는 별명을 갖고 있다. 바로크는 '이상한, 괴상한'이란 뜻을 갖고 있다. 르네상스 시대의 엄격한 형식과 법칙에서 벗어나 17~18세기에 걸쳐 유행한 화려한 건축양식이다. 이 화려함에 오랜 시간이 덧칠해져 과거를 걷는 듯한 느낌이 든다.

바로크풍의 건물이 줄지어 서 있고 반질반질 윤이 나는 돌길을 밟았다. 벽에 스프레이로 그린 수준 이하의 낙서마저 이 골목에서는 그리 나쁘게 느껴지지 않았다. 골목을 벗어나니 레체의 수호성인인 오론초의 동상이 서 있는 산오론초 광장이 나를 맞이한다. 로마 원형극장에는 음악회 준비가 한창이다. 광장 여기저기서 사랑을 나누는 연인들, 흰 셔츠에 검은 앞치마를 두르고 손님을 맞이하는 웨이터들. 삼삼오오 모여 커피 혹은 와인을 마시는 모습은 잡지 속에서 본 흔하게 봤던 이탈리아의 장면이었다.

주페세 짐바올로가 한땀 한땀 정성 들여 만들었다던 레체의 두오모가 도시의 분위기를 더한다. 1144년 건축되었다가 1659년 재건축된 이 성당에는 68m 높이의 종탑이 우뚝 서 있다. 레체 사람들이 이 지역 최고의 건축물로 꼽는다는 산타크로체 대성당은 다른 유럽 성당들과는 다르게 대리석이 아닌 풀리아 지역의 사암으로 만들어졌다. 내부에 조심히 들어가 보니 천장은 금으로 치장되어 있고 화려한 석주들 사이로는 샹들리에가 은은하게 내부를 밝히고 있었다. 아쉽게도 대성당의 유명한 파케이드는 보수공사 중이었다. 철근에 둘러싸여 있어도 그 정교함과 섬세함은 가려지지 않았다.

레체의 자랑은 역시 사람들이었다. 해 질 녘 골목에 나와 사람들과 맥주를 기울이며 호탕하게 웃는 남자들. 건물을 아름답게 비추는 조명에 숨어 앉아 서로의 사랑을 확인하는 젊은이들. 그리고 나를 유혹하는 작은 가게들. 이곳은 도자기와 종이 공예가 유명하다. 여행을 길게 다니는 형편상 도자기와 종이 공예품을 살 수는 없었지만, 구경하는 것만으로도 Made in Italy가 의미하는 바가 무엇인지 상기시켜준다. 올리브와 포도주도 유명해 발걸음 멈추고 쉬어가기도 좋은 곳이다. 이탈리아 남부 특유의 여유로움과 활기가 이 바로크 건물 사이사이를 채우고 있었다.

이탈리아인들의 휴양

폴리냐노

8월 초 이탈리아 사람들의 휴양지를 간다는 것. 그들의 모습을 지켜보다가 같이 바다에 뛰어들어 그들의 여유에 슬쩍 동참해 보는 일은 이탈리아 여행에 꽃이라고 할 수 있을 만큼 기분 좋은 경험이다. 해안가 절벽을 조각해서 만든 듯한 아름다운 건물들이 바다를 마주하고 있다. 절벽 안쪽에 위치한 모래사장에서는 사람들이 바다에 누워 뜨거운 햇살을 당당히 마주한다. 30분마다 교회에서는 종소리가 울려 퍼진다.

이곳에는 이탈리아의 유명한 칸초네 작곡가이자 가수인 도메니코 모두뇨Domenico Modugno의 동상이 있다. 그는 'Volare볼라레'라는 곡으로 세계적인 스타가 된다. 이 곡은 1958년 미국 차트 정상을 5주간 차지했고, 그에게 2개의 그래미상과 3장의 골드 디스크를 안겨주었다.

"때로는 세계가 고뇌와 눈물의 골짜기로 들어가 버리는 수도 있지요.
볼라레(날아갑시다).
오, 노래해요, 고민을 버리고 구름 속으로 날아갑시다.
나의 행복한 마음은 노래해요.
당신의 사랑이 날개를 내게 주었기 때문이지요."

– Vorele 가사

이 곡은 우디 앨런의 영화 〈로마 위드 러브〉의 삽입곡으로 영화의 시작을 담당했다. 가사가 이곳의 분위기와 놀랍도록 일치했다. 이어폰에서 나오는 그의 목소리를 따라 더듬더듬 노래를 따라 하는데 한 이탈리아 남자가 'Volare'를 부르는 걸 눈치채고 따라 부르기 시작한다. 같이 부르자며 내 어깨를 툭 친다. 귀에 이어폰을 빼며 이 곡의 가사를 잘 모른다고 대답하자 아는 칸초네가 있는지 묻는다. '오 솔레미오'를 안다고 대답했더니 흥분한다.

영어로 물어봐 놓고서는 이태리어로 뭐라 떠들면서 태양을 가리키고 바다를 향해 손을 펼쳐 보인다. 다시 영어로 가장 완벽한 선곡이라며 선창을 하라는 신호를 보낸다. 나폴리에서 멋지게 불러 보겠다는 계획이 있었지만 여기서 연습 삼아 불러보는 것도 나쁘지 않다고 생각했다.

수줍게 첫 가사인 "che bella co'sa"로 노래를 시작했다.

이탈리아 사람들은 모두 노래를 잘하는 줄 알았다. 특히 이 남자는 배가 볼록하고 풍성하게 수염을 길러 성악가의 풍채를 하고 있었기 때문에 더욱 그러리라 생각했다. 물론 나는 이탈리아어로 불렀고 그는 나폴리어로 불러 가사의 차이가 조금 있었다. 하지만 가사의 차이가 우리 노래를 망치지는 않았다. 그는 음치였다. 같은 음으로 부르는데도 내 음마저 흔들린다. 내가 멜로디를 부르면 화음을 넣어줄 거라는 기대는 파도가 절벽을 때리며 부서지듯 산산이 흩어졌다.

노래를 마치고 내가 메마른 칭찬을 하려 하자 그 남자의 아들이 내 말을 가로챈다. “우리 아빠 노래는 최악이에요.” 남자가 크게 웃으며 마른 아들의 등을 두드린다. 두꺼운 손으로 살짝살짝 때리기 시작하자 과연 이 남자 아들이 맞나 싶을 정도로 깡마른 아이의 몸이 파도처럼 출렁인다. 아들의 상태가 조금 걱정됐지만, 흔히 있는 일이라는 듯 아이는 여유로운 미소를 지어 보였다.

물질적인 풍요에서 나오는 여유가 아닌 당당하게 삶을 즐기고자 하는 자세에서 풍기는 여유가 나를 미소 짓게 했다. 서툴러도 좀 부족해도 당당히 드러내고 마주하는 자세가 그들의 삶에 너그러움을 더하고 있었다. 서툴다 하더라도 당당함을 잃지 않고 언제 어디서나 노래할 줄 아는 멋쟁이들이다.

삶이 주는 신호

📍 폼페이

폼페이는 비극만이 존재하는 곳이 아니었다. 지혜와 문명의 흔적들이 짙게 묻어있고 물론 쾌락과 욕망의 잔해들도 곳곳에 남아있다. 폼페이를 세운 사람들의 고단함도 담고 있다. 폼페이를 뒤엎은 화산재는 로마시대의 생활상을 로마보다 더 상세히 보존하게 해주었다. 그리 큰 도시는 아니었지만 먹을 것이 풍부했고 교역과 해운업이 발달해 경제 수준이 매우 높은 도시였다. 그날의 비극 보다는 그 당시의 풍요로움과 로마 제국의 우수함을 드러내고 있었다. 고대 로마인들의 생활양식과 예술 그리고 건축술까지 용암이 아닌 화산재에 묻힌 덕분?에 고스란히 남아있다. 일상의 모습들이 시간의 한 지점에 멈추어 오롯이 남아있는 도시다.

유피테르 신전, 아폴로 신전, 베스파시아누스 황제의 신전은 물론 대운동장과 원형 극장, 목욕탕, 부자들의 저택, 시장, 창녀의 집까지 당시 폼페이의 모습을 확인할 수 있었다. 공동 우물부터 상하수도 시설, 당시 마차와 보행자 모두의 편의를 고려한 도로 모습 또한 이곳에 남아있다. 로마의 발달한 문명을 보면서 과연 문명은 진보하고 있는 것일까? 라는 의문이 든다. 로마 전성기에는 상당히 개방적인 문화를 지니고 있었으며, 모든 사람들의 복지를 고려한 문화가 존재하고 있었다. 기술은 지속적으로 발전한다 해도 문화는 퇴보와 진보를 반복해 나가는 시소게임일지도 모른다.

기록에 따르면 서기 79년 8월 24일 오후 베수비오 화산이 폭발했다. 당시 폼페이 사람들이 숭배하고 있던 베수비오 화산이 히로시마 원자 폭탄의 수백 개와 맞먹는 위력으로 이 도시를 파괴한다. 공교롭게도

폭발 전날이 불의 신 불카누스의 축제일이었다. 불카누스의 뜻은 '화산'이다.

폼페이 사람들은 처음에는 이 폭발이 어떤 의미인지 몰랐다고 한다. 그도 그럴 것이 폼페이에 가보면 유피테르 신전 바로 뒤로 베수비오 화산이 보인다. 축제의 여흥을 식히지 못했던 이들은 이게 신의 뜻이라고 여겨 박수 치며 좋아했다는 기록도 있다. 하지만 결국 12시간 동안 쉬지 않고 폭발하는 화산에 두려움을 느껴 많은 사람들이 도피했다. 이 화산폭발로 도시 인구 대부분이 목숨을 잃었다고 알려져 있으나 사실 목숨을 잃은 사람은 당시 인구의 10%인 2,000여 명 정도로 추산된다.

한 한국인 가이드가 단체 관광객을 상대로 베수비오 화산에 대해 설명한다. 대충 요약하면 이곳은 향락의 도시였고, 사람들은 축제를 즐겼으며 이 화산이 폭발한 당시에도 사태의 심각성을 모른 채 신의 축복인 줄 알고 좋아했다. 타락하고 멍청한 사람들은 그렇게 벌을 받고 멸망했다는 내용이었다. 관광객들의 흥미를 위해 어느 정도 왜곡한 듯한 설명이었다. 관광객들은 미소 지으며 관심을 보인다. 그들의 어리석음과 쾌락으로 벌을 받았다는 뻔한 권선징악의 이야기니 좋아할 만도 했다. 하지만 나는 마냥 좋아할 수 없었다. 그 설명의 일부 내용은 사실이 아닐지 몰라도 인간이 어리석다는 것은 사실이기 때문이다.

사람이 참 어리석다는 생각이 든 이유는 폼페이 사람들, 혹은 가이드와 관광객 때문이 아니었다. 바로 내가 참 멍청했다. 사실 누구나 그렇듯 이곳에서 사람들의 최후의 모습을 고스란히 담고 있는 석고 부조를 보고 싶었다. 그들은 삶의 마지막 순간에 어떤 모습을 하고 있었는지 직접 보고 싶었다. 하지만 이곳에 와서야 그 부조들이 대부분 나폴리 박물관에 있다는 사실을 알게 되었다.

난 폼페이에 오기 전 나폴리에 머물렀었다. 나폴리에서 유명한 피자집만 찾아다녔다. 나폴리 3대 피자집을 돌아다니며 마르게리타 피자를 시켜놓고 이 피자가 이탈리아 국기를 상징한다는 둥 시답지 않은 지식 자랑을 늘어놓았다. 그러고선 산타 루치아 해변에서 칸초네 '산타 루치아'와 '오 솔레미오'를 부르며 이탈리아 미녀들을 감상했다. 그러면서 영화 속 나폴리 마피아의 모습을 따라 하며 깝죽댔었다. 참으로 어리석었다. 나폴리 여행이 후회되는 것은 아니다. 하고 싶은 게 분명하다고 내가 생각한 대로만 움직였던 게 참 아쉬웠다. 좁았던 내 시야가 아쉬웠다. 나는 삶이 주는 신호를 어떻게 받아들이는지 다시 한 번 나의 태도를 점검했다.

로마에서 어디어디 가실 거예요?

로마

로마를 빼놓고 유럽역사를 이야기할 수 없다. 유럽의 대부분이 로마와 얽힌 역사를 가지고 있다. 유럽의 문화 유적 40%가 로마에 있다. 로마제국은 인류 역사상 가장 위대한 제국이었다. 유럽대륙을 넘어 아시아와 아프리카까지 그 손을 뻗었고, 그 존속 기간만 보더라도 짧게는 700년 길게는 2000년이 넘는다. 내가 묵었던 숙소는 400년 된 건물이었다. 400년이 된 건물도 로마에서는 오래된 건물이 아니다. 로마와 관련된 영화, 드라마, 문학, 예술작품을 열거만 하더라도 책 한 권이 넘는다. 로마와 관련된 속담도 꽤나 많다.

테르미니역에 내리니 예상과 다르게 알 수 없는 답답함이 느껴진다. 답답하면서도 왠지 모르게 불안하다. 숙소 가는 법을 몰라서? 아니다. 테르미니역과 불과 한 블록 떨어져 있었다. 테르미니역에 많다는 소매치기 때문에? 아니다. 나의 초라한 몰골은 소매치기에게도 양심이 있다는 걸 깨우쳐 줄 정도다. 처음에는 오랜만에 보는 수많은 관광객들 때문인 줄 알았다. 사람이 많은 곳에서 설명 못 할 답답함을 느끼는 내 몸의 흔한 증상 때문이라 생각했다.

숙소에 도착하니 극진한 환대를 받았다. 로마가 아무리 볼 게 많아도 여행자들에게는 그리 오래 머무는 도시가 아닌 듯했다. 숙소 직원이 친절히 가방을 받아주며 7박이나 예약한 나에게 "로마에서 어디어디 가실 거예요?"라고 물었다. 그러자 답답함의 뿌리가 드러났다. 뜨거운 여름에 다른 관광객들과 어깨를 부딪혀가며 로마의 주요 유적지들을 대충 살펴보고, 아무런 감흥이 없이 사진만 찍다가 로마 여행이 끝날 것 같은 두려움이 내 안에 있었다.

찰스 디킨스가 느꼈던 이탈리아의 모습이 내 눈에 보일까 걱정하고 있었다. 19세기 영국 리얼리즘 문학의 대가 찰스 디킨스도 32살 때인 1844년에 이탈리아를 여행한 뒤 『이탈리아의 초상』이라는 기행문을 하나 남겼다. 괴테는 『이탈리아 기행』에서 부정적인 시선으로만 이탈리아를 바라보지 말라고 경고했다. 하지만 디킨스는 오만한 시선으로 이탈리아를 바라보았다. '가난하다, 더럽다, 시끄럽다' 와 같은 수식어들이 자주 그의 책에 등장한다. 물론 부정적인 이미지를 전달하는 불만 가득한 여행기가 나쁜 것은 아니다. 찬양과 환희로 도배해 놓은 흔한 여

행기들도 욕먹어 마땅하다. 하지만 아쉽게도 그의 시선은 비판거리를 나열하는데 머무르고 있다. 나도 당시 그와 같은 나이에 이탈리아를 여행하고 있다. 그와 다른 여행을 할 거라 자신했지만 트레미니역에서 숙소까지 오는 동안 본 광경은 더럽고 시끄러운 이탈리아의 모습을 부정할 수 없게 만들었다. 거리에 쌓여있는 담배꽁초와 나뒹구는 쓰레기들, 그 사이를 유유히 걸어 다니는 꾀죄죄한 비둘기들, 불쑥불쑥 나타나 나를 놀라게 하는 거리의 부랑자들을 마주치며 걸어야 했다.

그럼에도 불구하고 다시 마주한 로마의 모습은 경이로움 그 자체였다. 트레미니역 근처만 벗어나면 전혀 다른 세상이 펼쳐졌다. 대단한 예술 영화를 찍는 것도 아닌데 로마를 내 사진의 배경으로만 치부해 버리기에는 미안한 마음이 들었다. 내 로마 여행도 돌이켜 보면 다른 관광객과 크게 다르지 않았다.

하지만 로마를 떠날 때 로마는 그래도 괜찮다며 나를 쓰다듬어 주었다. 로마에서는 로마법을 따르라고 했다. 그게 로마의 여행법이라면 나도 나를 내려놓고 로마법을 따르는 게 당연하다고 생각했다. 관광객들의 동선만 따라가도 숨을 멎게 하는 건물과 작품들이 즐비하다. 내가 무언가를 더 심오한 무언가를 보고 깨우쳤다면 나는 이 도시를 떠나지 못했을 수도 있다.

결과적으로 로마는 내가 이번 여행에서 가장 부지런히 돌아다닌 도시 중 하나였다. 파올로 소렌티노의 영화 〈그레이트 뷰티〉에서 동양인 남자가 로마의 아름다움에 반해 사진을 찍다가 기절하는 모습이 딱 내 모습이었다. 괴테가 그의 책 『이탈리아 기행』에서 "너무 많은 것

을 보고 감탄한 나머지 저녁이 되니까 피곤하고 기진맥진해진다."고 써놓은 구절이 나의 로마여행을 가장 잘 표현한 문구다.

하루는 테르미니역에서 시계방향으로 로마를 돌아다녔고 다음 날은 반시계방향으로 로마를 순회했다. 로마에 왔으면 예술을 만나야 한다는 의무감에 판테온에서 열린 작은 음악회를 찾아가고, 산타 마리아 델 포폴로와 보르게세 미술관에서 베르니니를 비롯한 이탈리아 대가들의 미술 작품을 감상하기도 했다. 꼭 가야 한다는 유적지를 가보고 사람들이 잘 안 가는 곳도 들리며 한가롭고도 바쁘게 로마를 여행했다. 바티칸과 남부 투어를 뺀 6일 동안 손에 흐르는 9개의 젤라또 아이스크림과 8그릇의 파스타를 먹었고 239장의 사진을 찍었다. 사진을 잘 안 찍는 내가 하루에 40장 가까이 찍은 것은 거의 기록에 가깝다.

콜로세움과 팔라피노 언덕, 콘스탄티누스 개선문, 포로 로마노, 캄피돌리오 광장에서 로마 여행이 시작되었다. 기품 있는 유적지에 미국 드라마 〈ROME〉과 시오노 나나미의 책 『로마인 이야기』의 장면들이 겹쳐지며 잠깐의 현기증을 느꼈다. 실로 웅장하고 장엄했다.

사실 로마 시민들은 역사적으로 유적지에 큰 관심이 없다. 유적지가 전쟁이나 자연재해로 파괴되지 않았다. 무관심 속에 무너졌거나 이후 성당이나 궁전을 짓는데 유적지의 일부를 떼어 사용하기도 했다. 로마가 몰락한 이후부터 최근까지 약탈과 도굴에 무방비로 노출되어 있다. 콜로세움의 경우 217년 화재, 442년에는 지진으로 피해를 입긴 했지만 지금 반쯤 무너진 모습을 갖게 된 이유는 성당과 귀족들의 집을 짓기 위해 뜯어간 영향이 더 크다. 포로 로마노도 중세시대에 소를 키우는

목장으로 전락했던 역사를 갖고 있다. 그럼에도 불구하고 2천 년 동안 지금의 모습을 유지한 것만으로도 그 위대함을 유추할 수 있었다.

스페인 광장에서 드디어 소매치기를 당했다. 다행히 중요하지 않은 모자였다. 이탈리아에서 소매치기를 당하는 건 마치 관광의 한 코스처럼 자리매김한 터라 조마조마한 마음을 완전히 떨칠 수는 없었다. 액땜이라 생각하면 우리 돈으로 천 원 정도 주고 산 모자는 효용이 높은 희생물이었다. 지갑도 아니고 모자라니. 소매치기가 어수룩한 동양인 남자를 상대로 소매치기 연습을 하고 있었을 수도 있다. 아니면 저렴한 모자가 내가 쓰니 비싸 보였을 가능성도 있다. 하지만 객관적으로 진단해보면 그 확률은 내가 도망 나온 공주와 이곳에서 아이스크림을 먹을 정도로 희박하다. 딱히 내 모자를 들고 도망간 이유는 알 수 없었다.

모자가 없어진 나는 태양을 잠시 피하기 위해 괴테의 단골카페라는 '안티코 카페 그레코'에서 에스프레소 한 잔을 마셨다. 괴테와 바이런과 같은 문인들 혹은 예술가들과 대화하는 대신 얼른 마시고 나가라는 웨이터와 밖에서 기다리는 관광객들의 눈치를 애써 무시해야만 했다.

나보나 광장에서는 평생의 라이벌 관계였던 베르니니와 보로미니의 성당과 분수를 거닐며 무명화가들이 그리는 초상화들을 기웃거렸다. 영화 〈먹고 기도하고 사랑하라〉에서 줄리아 로버츠가 이탈리아어를 배웠던 카페 '카페 델라 파체Caff della Pace'도 눈에 들어왔다. 광장 카페에서 한가로이 음식을 먹고, 성당에서는 사람들이 기도하고 광장에서는 연인들이 더운 날씨가 무색하게 사랑을 나누고 있었다.

영화 〈오션스 트웰브〉에서 브래드 피트와 캐서린 제타 존스가 연기한 로맨스 장면과는 사뭇 달랐다. 빌 브라이슨은 그의 책 『발칙한 유럽산책』에서 이탈리아 사람들은 옷을 벗지 않고도 섹스하는 법을 안다고 했는데 그 말이 적확하다. 로마 사람들은 햇살같이 느긋하고, 따스하며 때론 뜨겁게 살아가고 있었다.

'베네토 거리via Veneto'는 영화 〈달콤한 인생〉에도 나오듯이 과거 영화사와 언론사가 밀집해 있는 지역이었다. 덕분에 저녁이면 영화배우들, 유명 감독, 이들을 취재하는 언론인을 쉽게 만날 수 있었다. 영화 〈달콤한 인생〉의 마르첼로도 이곳에서 동료 사진기자인 파파라초와 죽치고 앉아 뉴스거리를 탐색했다. 이 영화의 파파라초라는 이름은 이제는 누구나 다 아는 이름이 됐다. 이탈리아어로 파파라초의 복수형이 파파라치다. 우디 앨런의 〈로마 위드 러브〉에서 졸지에 유명해진 남자 로베르토 베니니가 파파라치들이 나타나지 않자 바지를 벗고 난동을 부리는 곳이 바로 베네토 거리다.

로마의 또 다른 유명한 거리는 '마르구타 거리'다. 이 거리는 포폴로 광장과 스페인 광장 사이에 위치한다. 로마를 찾은 이유 중 하나는 영화 〈로마의 휴일〉 때문이었다. 이 영화의 유명한 장면 중 하나인 '진실의 입'을 보기 위해 방문했지만 하수구 구멍에 손을 넣고 기념사진을 찍으려 긴 줄을 서야 하는 게 도저히 내키지 않았다. 오히려 오랜 시간이 지나 지금 하수구 구멍에 남자들이 음경을 넣고 아내에게 자신의 결백을 증명하는 풍경이 나타나게 된다면 그게 더욱 이탈리아다울 거라는 말도 안 되는 상상을 했다.

대신 마르구타 거리로 향했다. 이 거리 51번지는 많은 영화의 배경이 되었다. 〈로마의 휴일〉에서 브래들리 기자가 진정제 때문에 잠에 취한 공주오드리 햅번를 택시에 태우면서 기사에게 말한 주소다. 브래들리의 집이 여기 있다. 후배 영화인들도 이 거리를 배경으로 영화에 〈로마의 휴일〉 오마주를 표현했다. 우디 앨런은 〈로마 위드 러브〉에서 알렉 볼드윈이 젊은 시절을 추억하는 장면에 이 거리의 모습을 담았다. 마이클 윈터보텀의 영화 〈트립 투 이탈리아〉에서는 주인공 일행이 그레고리 펙과 오드리 헵번의 대사를 흉내 내며 걷는 곳이 마르구타 거리다.

긍정의 힘이 아닌 부정의 힘을 믿으시나요?

보르게세 미술관

내가 로마에서 꼭 오고 싶었던 미술관이다. 로마에 오기 전부터 이 미술관을 사전 예약했었다. 보르게세 미술관에는 베르니니와 카라바조의 작품이 있다. 세부 묘사와 절묘한 순간을 잘 파악한 베르니니의 조각상들도 너무나 훌륭하지만 나는 이곳에 카라바조의 그림이 꼭 보고 싶었다. 카라바조는 미술사적으로 엄청난 업적을 남긴 사람이지만, 우리나라에는 잘 알려져 있지 않고 있다.

카라바조는 불안정하고 괴팍한 성격을 지니고 있었다. 어디에서나 난동을 부렸다고 알려져 있다. 술집에서는 폭음을 일삼았고 그때마다 싸움에 휘말렸다. 옥살이를 수차례 했으며, 결국 살인 혐의로 수년간의 도주생활을 했다. 카라바조는 사면을 위해 로마로 향했다. 하지만 로마로 가는 길에 서른아홉이라는 이른 나이로 병에 걸려 죽었다. 그는 몰랐지만, 사면은 이미 내려진 상태였다.

나도 그를 잘 알지 못했지만, 그의 그림이 눈에 들어오기 시작한 것은 심리적으로 힘들 때였다. 그는 빛의 화가로 알려져 있다. 하지만 내가 감히 평가하자면 그는 어둠을 가장 잘 표현한 작가다. 어두움을 제대로 표현했기에 빛이 훌륭하게 드러난다. 극명한 명암 대비와 사실적인 묘사로 당시에는 극심한 논란의 정점에 서 있었다.

그의 그림은 우리가 불행을 정확히 파악할 때 행복해질 수 있다고, 어두움을 깨우쳐야 빛을 바라볼 수 있다고 말하는 듯했다. 우리는 종종 불행을 삶에서 모조리 지워버려야 행복해질 수 있다고 생각한다. 그래서 불행의 이유를 정확히 파악하는 대신 행복하다고 자신을 끊임없이 세뇌시킨다. 그렇게 과도한 긍정은 우리를 착취하고, 행복 추구에 눈이 멀어 자신을 학대한다.

나는 부정적인 마음으로 삶을 대했을 때 오히려 삶을 긍정할 수 있었다. 나는 뭘 해도 안 될 거야. 나는 이미 틀렸다는 부정의 늪에 빠졌을 때 오히려 내 삶을 긍정할 수 있었다. 어차피 안 될 거라면 내가 하고 싶은 걸 해보자. 결과가 실패로 돌아가더라도 과정만은 즐거운 일을 찾아보자는 생각이 들면서 되레 삶을 긍정하게 되고, 열정이 생기기 시작했다.

삶이 때론 죽음을 성찰함으로써 빛을 발하듯, 행복도 긍정도 불행과 부정을 직시했을 때 그 참된 의미를 찾을 수 있다.

삶의 어떠한 모습이든 정확히 바라보라고 베르니니와 카라바조는 작품을 통해 나에게 가르치고 있었다.

당신은 어느 길로 가고 있나요?

아피아 가도

아피아 가도Via Appia는 '모든 길은 로마로 통한다.'는 옛말의 증거다. 고대 로마의 도로 가운데 가장 오래되고 유명한 도로다. BC 312년에 감찰관인 아피우스 클라우디우스 카이쿠스가 건설하기 시작했다. 처음에는 로마에서 캄파냐의 고대 도시 카푸아까지 212km에 불과했지만, BC 244년경에는 카푸아에서 남동쪽으로 연장되어 브린디시에 이르게 되었다. 알프스 고갯길, 계곡을 연결하는 다리, 터널까지 합하면 20만km에 달하는 길이다.

카라칼라 목욕탕에서 시작해 초기 기독교인들의 지하묘지인 카타콤베까지 그냥 걸었다. 보통은 버스를 타고 이곳을 찾지만, 이탈리아 남부 도시 브린디시에서 아피아 가도를 봤을 때부터 꼭 이 거리에 오고 싶었다. 지금은 마차 대신 차가 다니고 걷는 사람도 거의 없었다.

검은 돌길을 걸어 도미네 쿼바디스 성당에 도착했다. 이곳은 베드로가 예수의 환상을 보았다는 이야기가 전해지는 곳이다. 네로 황제의 박해를 피하고자 아피아 가도를 따라 도망가던 길에 예수를 만난다. 그때 베드로가 했던 말이 "도미네 쿼바디스"이었다. 라틴어로 도미네Domine, 주여 쿼Quo, 어디로 바디스Vadis, 가시나이까다. 예수는 그의 환상에서 다시 십자가에 못 박히러 간다고 대답했다. 이에 부끄러움을 느끼고 마음을 돌이켜 다시 로마로 들어가 기독교를 전파한다. 잡힌 후에는 감히 예수와 똑같은 모습으로 십자가에 못 박힐 수 없다며 십자가에 거꾸로 매달려 순교하게 된다. 그의 회심으로 이 길은 기독교가 뻗어나가는 길이 되었다.

카타콤베에 도착하니 한 아저씨가 막아선다. 가이드가 없이 들어갈 수 없다고 했다. 이 지하묘지는 길이가 100km에 달하고 시신이 900만 구具나 묻혀 있다. 지금은 10km만 개방하고 있지만, 미로 모양에 갱도에서 길을 잃으면 찾을 길이 없다고 한다. 홀로 찾아온 나를 위해 그래도 문은 열어 주었다. 카타콤베 안으로 들어갈 수는 없었지만, 그의 친절로 이곳 경관을 둘러볼 수는 있었다. 무덤 위는 참 평화롭다. 죽음을 평안으로 표현하는 게 이런 이유일까? 평안의 세계로 들어갔을 그들이 묻힌 땅 위를 조심히 그리고 천천히 걸었다.

아피아 가도를 걷기 시작한 출발점과 다시 돌아온 도착점은 카라칼라 목욕탕이다. 카라칼라 목욕탕은 영화 〈카비리아의 밤〉에서 밤마다 매춘부들이 모이는 곳이었다. 〈로마 위드 러브〉에서는 건축학도 잭이 비 오는 밤 애인의 친구와 사랑에 빠지는 장소다. 타락의 장소인 카라칼라 목욕탕에서 아피아 가도를 걸어 신을 따라 성스러운 삶을 살았던 베드로의 흔적이 있는 도미네 쿼바디스 성당으로 왔다. 그리고 다시 돌아간다.

내 삶은 어느 방향으로 가고 있는지 궁금했다. 나는 쾌락을 향해 가고 있을까? 아니면 성스러움을 향해 가고 있을까? 욕망과 이성 사이에서 갈팡질팡하는 인생의 진폭 속에서 나는 결국 어느 곳을 향해 가고 있는지 되짚어 봤다. 로마도 탁월한 정치와 퇴락한 정치를 오고 가며 역사의 흥망성쇠를 경험했다. 로마에 일곱 개의 언덕이 있듯이 인생에도 언덕과 같은 파동을 그리는 흐름이 있다. 전체적인 흐름은 어디로 향하고 있는지 궁금했다. 혹시 회전목마처럼 상하 운동과 회전만 반복할 뿐 어디로 나아가지 못하는 것은 아닐까? 혹시 앞으로 나아가고 있다면 나는 어떤 곳을 향해가고 있을까? 아피아 가도에서 삶의 가도를 짚어가며 다시 로마 시내로 향했다.

고통의 의미

바티칸

세계에서 가장 작은 주권국가다. 하지만 가장 강력한 국가다. 핵 최다 보유국인 미국을 건드릴 수 있어도 핵무기가 하나도 없는 이 나라는 건드릴 수 없다. 이 도시의 영향력 못지않게 이곳의 예술품 또한 놀랍다. 뛰어난 예술작품을 보았을 때 순간적으로 이상증세가 나타난다는 스탕달 신드롬까지는 아니었지만, 과연 그 느낌이 무엇인지는 어렴풋이 알 수 있을 정도였다. 바티칸 박물관의 라파엘로, 레오나르도 다빈치, 카라바조의 작품들뿐만 아니라 바티칸 박물관 설립에 결정적 영향을 미친 「라오콘 군상」, 미켈란젤로와 로댕에게 영감을 준 「벨베데레의 토르소」까지도 직접 보면 경탄을 금치 못한다.

라파엘로의 「아테네 학당」과 시스티나 소성당에 있는 미켈란젤로의 「최후의 심판」과 「천지창조」를 마주했을 때는 묘한 흥분이 느껴졌다. 「천지창조」를 그릴 때 미켈란젤로는 조수도 없이 혼자서 이 작품을 4년 동안 그려 완성했다고 한다. 천장 아래 설치된 좁은 공간에 누워 떨어지는 안료를 맞으며 그림을 그렸다. 그 탓에 척추가 휘고 관절염과 심각한 눈병을 앓았다. 그 고통을 느껴보고 싶으면 바티칸 박물관 기념품 가게에서 「천지창조」 1,000피스 퍼즐을 사서 천장에 붙인 다음 떨어지는 퍼즐을 맞아가며 완성해보라는 가이드의 말에 혹해서 시도해보고 싶기도 했다.

실제로 그의 작품을 마주했을 때는 놀라움을 금치 못했다. 사실 미켈란젤로는 조각가였다. 그의 능력을 시기한 라파엘로가 교황에게 천장화를 그릴 화가로 조각가인 미켈란젤로를 추천한다. 그림에 익숙지 않은 그가 실패하기를 바라는 술수였다. 교황의 명을 어길 수 없었던 미켈란젤로는 엄청난 부담감에 시달려야 했다.

그는 20m 아래에서 작품을 바라봤을 때 완벽한 비율을 표현하기 위해 상체는 크고 하체는 작게 그렸다. 게다가 인물들의 그림자도 빛의 방향을 계산해 그려 넣었다. 높이가 20m에 달하는 폭 13m, 길이 41m의 천장을 세밀하고 정확하게 채워나갔던 그에게 조수는 묻는다.

"아무도 모르는 부분을 표현하는데 왜 그렇게 많은 시간을 쓰십니까?"

미켈란젤로는 대답했다.

"내가 아네."

사실 천장에 그려진 그림을 보는 사람들은 그가 얼마나 치열하게 연구했고 세밀하게 표현했는지 잘 모른다. 하지만 그는 자신에게 당당하기 위해 타협하지 않았다.

남을 속일 수는 있어도 자신을 속이기는 힘들다. 행여 꾸준한 자기 합리화로 자신을 속인다고 해도 신을 속이기는 불가능하다. 남들이 자신을 칭찬하게 만드는 것보다 자기 자신을 칭찬하기가 더 힘들 때가 있다.

묵묵히 자신의 소명을 다한 그의 집요함이 인류 최고의 걸작을 탄생시켰다. 우리는 종종 성공한 사람들의 화려한 모습만을 바라본다. 하지만 우리는 때론 간과한다. 그가 얼마나 지루하고 고된 시간을 미

련하게 버텨왔는지. 자기 자신과 얼마나 많은 싸움을 싸워야 하는지.

산 피에트로 대성당은 아피아 가도에서 발걸음을 돌이켜 순교했던 베드로의 무덤 위에 세워졌다. 세계에서 가장 큰 교회로 그 규모가 놀랍다. 한 시간 기다려서 들어갔을 정도로 입장하는 사람들이 많았음에도 불구하고 성당 안은 휑한 느낌이 들 정도로 웅장하다. 게다가 천국의 교회를 유추해 볼 수 있을 정도로 화려하다.

라파엘로, 미켈란젤로, 베르니니를 비롯한 10명이 넘는 예술가들이 힘을 합쳐 만든 성당 입구에는 한 조개가 바닥에 새겨져 있었다. 이 조개를 밟고 지나가면 순례자가 될 수 있다고 하기에 밟지 않았다. 혹시 그 고단한 순례의 기운이 옮을까 빙 둘러갔다. 이곳에서는 베드로의 유골함을 직접 마주할 수 있으며 베르니니의 마지막 작품과 미켈란젤로의 3대 걸작 중 하나인 「피에타」를 볼 수 있다.

가이드는 산 피에트로 대성당 쿠폴라에 걸어서 올라가면 인생을 깨닫게 된다고 했다. 쿠폴라 정상에 올라서니 그 의미가 무슨 말인지 알 수 있었다. 나선형 계단 551개를 힘겹게 올라가면 천국의 열쇠가 보인다. 나선형은 인생의 궤도와 닮았고 계단을 고통과 시련이라 생각하면 오르면 오를수록 점점 비좁아지고 어두워지며 더 힘겨워지는 것은 살아갈수록 버거워지는 인생의 고난과도 같다. 인생은 마치 시험지와 같아서 점점 어려워진다. 문제 번호가 늘어갈수록 우리를 기다리는 건 더 버거운 문제들뿐이다. 136m를 올라가 바라보는 풍경은 천국의 모습이라 칭해도 될 만큼 아름답다. 나는 사실 계단이 그리 힘들지 않았다. 그럼에도 불구하고 이런 아름다운 보상이 기다리고 있다면 더 큰 고통과 힘겨움을 담고 있는 삶의 끝에는 말로 형언할 수 없는 상급賞給이 기다릴 거라 생각하니 큰 위안이 되었다. 인생의 한 문제, 한 문제를 성실히 마주하자고 다짐했다.

여의도 1/6 크기의 바티칸 시국을 둘러보며 물 한 모금으로 목을 축이고 숨을 깊게 들이마셨다. 신의 공간에서 역설적으로 '신은 죽었다'고 말한 니체가 떠올랐다. 니체는 삶에 있어서 고통은 피할 수 없다고 말했다. 고통의 크기가 작다면 삶의 크기 또한 작아진다. 삶이 보다 커지려면 더 큰 고통은 불가피하다고 말했다. 그래서 고통은 무의미하거나 나쁜 것이 아닌 더 큰 삶으로 나아가기 위한 동력이 된다. 예술가의 고난과 고뇌를 통해 피어난 작품 앞에서 우리가 정신을 잃을 만큼 황홀경을 느끼는 것처럼, 베드로의 삶이 그랬던 것처럼, 마리아가 아들을 잃음으로 인류를 구원하는 데 큰 역할을 담당하고, 예수의 삶이 그러했던 것처럼 말이다. 그렇게 들이마신 공기로 삶을 대하는 용기가 스며들었다.

꼰대의 기질

📍 소렌토

포시타노와 소렌토, 아말피 해안을 둘러보는 투어 프로그램에 참여했다. 로마의 휴일은 바다를 바라보며 보내고 싶었다. 소렌토로 들어서는데 가이드가 요란을 떨며 노래를 들려주겠다고 했다. 마음속으로 '제발 틀지 마라'고 기도했다. '돌아오라 소렌토로'가 흘러나올 게 분명했다. 내가 갖고 있는 돈 모두와 손모가지를 걸 수 있었다. 이곳에 왔으니 가이드로서 이 노래를 안 틀 수는 없다.

〈돌아오라 소렌토로〉는 소렌토 비토리오 베네토 가에 있는 호텔 임페리얼 트라몬타노에서 탄생했다. 생각보다 많은 사람들이 이 노래를 처음 들어보는 듯했다. 이렇게 이탈리아에서 칸초네를 한 번이라도 듣기를 바라는 가이드의 마음은 충분히 이해는 된다. 최대 다수의 최대 행복이라는 공리주의를 추구해야 하는 단체 여행의 특성상 어쩔 수 없다는 것쯤은 나도 알고 있다. 하지만 내가 그 혜택에 빗겨나 있는 현실이 서글프다.

나도 여행을 하면서 그와 관련된 노래를 듣긴 했지만 여기서 이렇게 듣기에는 약간 오글거리는 느낌이 있었다. 사람들은 부산을 여행할 때 〈돌아와요 부산항에〉를 듣지 않는다. 나도 부산을 수십 번 여행했지만, 부산에서 이 노래를 들었던 때는 사직구장에서 롯데 야구팀 응원가로 접했던 적밖에 없다. 무엇보다 이 노래를 틀어야 한다면 소렌토를 구경한 뒤 등지고 들어야 오히려 그 맛이 산다. 소렌토에 도착하기도 전에 이 노래를 듣는 것은 좀 불편했다. 사실 들어도 상관없고 언제 들어도 훌륭한 노래지만 내 쓸데없는 꼬장꼬장함이 문제였다. 사직 구장의 아주라 문화만큼 불편했다. 애를 둘러업고 달려와 공을 뺏은 사람들은 행복하겠지만.

아름다운 저 바다와 그리운 그 빛난 햇빛 내 맘속에
잠시라도 떠날 때가 없도다.

향기로운 꽃 만발한 아름다운 동산에서
내게 준 그 귀한 언약 어이하여 잊을까?

멀리 떠나간 벗이여,
나는 홀로 사모하여 잊지 못할 이곳에서 기다리고 있노라.

돌아오라, 이곳을 잊지 말고, 돌아오라
소렌토로, 돌아오라!

– 〈돌아오라 소렌토로(Torna A Surriento)〉 가사

호메로스의 『율리시스』가 떠오른다. 그리스 신화에 나오는 세이렌 Seiren. 그녀는 아름다운 여인의 상체와 물고기의 하체를 가진 인어의 모습을 하고 있다. 그녀의 이름은 영어로 사이렌이다. 우리가 잘 알고 있는 구급차의 그 사이렌이 그녀의 이름에서 유래했다.

지금은 스타벅스의 로고로 더 많이 알려져 있다. 신화에 따르면 그녀의 아름다운 노랫소리에 많은 뱃사람들이 현혹되어 바다에 스스로 몸을 던져 죽었다. 그 세이렌이 노래를 불렀다는 장소가 바로 아말피 해변가다.

율리시스는 그녀의 노랫소리가 듣고 싶어 귀를 밀랍으로 막고 자신은 돛대에 묶은 채 그녀의 노래를 들었다. 난 루치아노 파바로티가 부른 〈돌아오라 소렌토로〉를 돛대 대신 의자에 안전벨트로 몸을 묶고 밀랍 대신 아무 소리도 나지 않는 이어폰을 귀에 꽂은 채 감상했다.

나의 눈부신 친구

📍 아말피 해안

아말피 해안에 도착하니 난 다시 최대행복에서 멀어졌다. 아말피 해안이 가장 잘 보이는 곳에서 주어진 인증샷 시간에 딱히 할 게 없었다. 드레스를 곱게 차려입고 셀카봉 끝을 향해 최대 행복의 미소를 지어 보이는 사람들을 무심히 쳐다보았다. 해안가가 가장 아름답게 보이는 곳은 사진 찍는 사람들의 차지가 되어 있었다. 내셔널 지오그래피가 뽑은 죽기 전에 꼭 봐야 할 곳 1위의 풍경을 나는 한발 물러서서 바라봐야만 했다.

번잡함을 피해 바라본 아말피 해안은 참으로 눈부시게 빛나고 있었다. 아말피 두오모에는 예수의 첫 번째 제자였던 안드레의 시신이 안치되어 있다. 어부였던 안드레의 유해가 있는 지역답게 큰 배들 사이로 작은 고기잡이배들이 물고기가 물살을 가르듯 활발하게 움직이고 있었다. 분명 물고기의 비늘과 어부의 땀방울이 빛나는 이곳에도 아름다운 이야기와 삶이 눈부시게 빛나고 있을 텐데 좀 더 다가가지 못하는 게 참 아쉬웠다. 아말피가 아름답고도 멀게만 느껴졌다. 엘레나 페란테의 소설 『나의 눈부신 친구』에서 릴라가 가고 싶어 하던 그곳. 레누도 가보지 못한 그곳을 나 또한 다가서지 못하고 먼발치에서 지켜봐야 했다.

눈부신 삶을 사는 친구 곁에 다가서지 못할 때가 있다. 인기가 많은 그 친구를 나까지 귀찮게 할까 봐, 없는 시간 괜히 내가 더 뺏을까 봐. 잘 나가는 친구의 외로움도 알고 있지만 쉽게 연락을 하지 못한다. 질투로 오인받을 배려를 보내며 뒤에서 묵묵히 응원하는 그런 모습처럼 말이다.

바다는 푸르렀다. 파란 하늘의 색을 머금은 듯 보였다. 사실 하늘이 파랗기 때문에 바다가 파란 것은 아니다. 그러나 하늘이 찌푸릴 때 바다의 얼굴도 어두워지는 점을 고려하면 영 관련 없는 일도 아니었다. 수평선에 하늘과 맞닿아 있고 반대편 끝은 하늘을 마주 보고 있는 바다는 하늘의 기운을 고스란히 담고 있었다. 나는 무엇과 맞닿아 있으며 무엇을 마주 보고 있을까? 아무 영향이 없는 듯해도 끊임없이 영향을 주고받는 무언가를 생각해보는 시간을 외로이 가졌다.

포시타노

길이 좁은 탓에 작은 버스로 갈아타고 꼬부랑 할머니가 꼬부랑꼬부랑 넘어다니는 듯한 꼬부랑 고갯길을 지나 포시타노에 도착했다. 비가 내리기 시작한다. 물리니 광장을 지나 그란데 스피아자 해수욕장에 들어서니 내리는 비 때문에 한산했다. 챙겨온 수영복이 참 민망했다.

한 여행가는 비가 와서 휴가를 망쳤다는 건 바보들이나 하는 말이라고 했다. 나는 바보처럼 비가 그치기만을 기다리며 날씨를 탓했다. 비 때문에 포시타노를 한눈에 볼 수 있는 페리 투어가 자꾸 지연됐다. 비는 이내 그쳤지만, 다시 모여야 할 시간이 다가와 계획을 바꿨다. 짧은 시간에 여러 곳을 둘러본다는 점은 참 효율적이지만 그 대가로 불안한 초조함을 얻었다. 언덕 위에 올라가 포시타노를 내려다보기로 했다. 이곳에 관한 글을 써 평범하고 가난했던 어촌을 유명한 휴양지로 만든 미국의 존 스타인벡은 이렇게 말했다.

"머무를 때는 정말 비현실적이지만 떠난 후에야 현실이 되는 꿈의 장소가 바로 포시타노다."

짧게 이곳에 머무르는 나에게는 현실로만 느껴진다. 축축한 언덕길을 천천히 올라가 포시타노의 전경이 보이는 곳에서 와인을 한 잔 마셨다. 초조한 마음을 비우고 바라보니 포시타노의 아름다운 모습이 눈에 들어오기 시작했다. 천천히 와인을 마시며 포시타노의 전경을 감상했다. 내가 떠날 때가 되니 이내 맑아진다. 포시타노는 갈 길 바쁜 뜨내기 관광객에게는 그 아름다움을 감추는 듯했다. 그럼에도 불구하고 포시타노는 감출 수 없는 아름다움이 있는 도시였다.

한시적 아름다움

치비타 디 분뇨레지오

한국어로 된 정보를 찾을 수가 없는 이 도시를 찾은 이유는 한 장의 사진 때문이었다. 라퓨타 성과 닮은 치비타 디 분뇨레지오를 천천히 거닐고 싶었다. 쉽게 침식이 되는 토양 때문에 공중에 떠 있는 듯한 도시. 이곳은 언제 무너질지 몰라 '죽어가는 마을'이라고 불린다. 언제 무너질지 모르는 이 도시에는 지반 보수 공사가 한창이었다.

이 작은 도시를 연결하는 구름다리를 건너야 이 도시에 발을 디딜 수 있다. 이 다리는 1695년 지진으로 무너진 뒤 1965년 재건되었다. 꼭 봐야 할 건물이 있는 도시는 아니다. 중세시대 교회의 모습을 구경할 수 있는 정도다.

차가 들어갈 수 없는 이 아름답고 비현실적인 도시에 불편함을 견디며 살아가는 사람들이 궁금했다. 언제 무너질지 모르는 곳에 순응하며 살아가는 사람들의 삶을 조심히 바라봤다. 2500년 전부터 이곳에 사람들이 거주했지만 지금 치비타 디 분뇨레지오에 사는 사람은 12명에 불과하다.

추함은 영원한 듯 보이지만 아름다움은 금방이라도 무너질 것처럼 위태롭다. 아름다움은 소멸하기 때문에 아름답다 생각되는 걸까? 아름답기 때문에 사라질 수밖에 없는 숙명을 가지게 된 걸까? 알 수 없는 질문들을 던지며, 죽어가는 모든 것들을 사랑하는 마음으로 이 작은 도시를 둘러보았다.

삶을 아름답게 만드는 방법은 모든 것이 영원하지 않다는 걸 깨닫는 것이다. 오늘도 영원하지 않고 삶도 영원하지 않다. 숨결도 영원하지 않고 젊음도 영원하지 않다. 내 옆에 있는 사람 그리고 내가 가진 것들도 영원하지 않다. 언젠가는 이별의 순간이 올 테고 우리가 생각하는 것보다 분명 이르고 갑작스럽게 사라질 테다.

사랑은 짧고 어렵다. 그래서 아름답다. 이별은 지나치게 쉽고 한없이 길다. 그래서 아름다울 수 없다. 돌아오지 않을 먼 길 떠나는 사람의 아득해지는 뒷모습은 가혹하고 뒤에 홀로 남겨진 나는 아프고 슬프다. 요절한 사랑은 다시 돌아오지 않는다. 지금 내 곁에 있음을 감사하며 소중히 생각하는 일. 그게 우리 인생을 아름답게 만들 수 있지 않을까?

모든 아름다움은 결국 사라질 테니깐.

"매혹은 지속되지 않으며, 열정에는 일정한 분량이 있다.
그 한시성이 그들을 더욱 열렬하게 만든 것이었다."

– 은희경, 『태연한 인생』

느리게 산다는 것의 의미

오르비에토

오르비에토는 시청을 중심으로 반경 2㎞ 정도가 전부인 작은 도시다. 이 도시가 유명한 이유는 슬로시티 운동의 발상지이기 때문이다. 오르비에토는 1999년 세계 최초로 이탈리아의 다른 세 도시와 함께 슬로시티 운동을 시작했다. 지역에서 나는 유기농 농산물을 먹으며, 자연을 해치지 않는 전통의 방식으로 느리게 살아가는 도시.

즉, 느림의 미학을 실천하는 사람들이 모여 사는 곳이다. 건강한 음식, 여유로운 생활, 즐거운 삶이 공동체의 중심이 되는 도시를 추구하는 곳이 슬로시티다. 아시아에서 최초로 슬로시티 인증을 받은 우리나라 신안군 증도면을 여행했을 때처럼 느릿느릿 걷다가 이 지역 특산물로 만든 지역 음식을 먹는 게 이 도시 여행의 매력이었다.

PROVINCIA DI TERNI
IL PALAZZO
DEL GUSTO
cittaslow
Associazione Internazionale
Città del Buon Vivere
ENOTECA REGIONALE
DELL'UMBRIA
CENTRO SERVIZI
DI ORVI
ItineRa

FOLKFIERA

마을에 시장이 열리는 것을 구경하고 도시를 천천히 걸었다. 중세의 모습을 그대로 간직한 도시 안에는 느리게 사는 사람들이 살고 있었다. 마트도 없고 패스트푸드점도 없다. 이곳에서 많이 나는 송로버섯으로 만든 파스타와 이 지역에서 생산되는 와인 '오르비에토 클라시코'로 점심을 먹었다. 비싸지 않은 가격으로 최고의 음식을 먹으니 몸도 마음도 평화롭다.

바쁘게 산다고 해서 삶이 여유로워지는 것은 아니다. 제대로 살아야 삶이 여유로워진다고 이 도시는 나에게 몸소 증명해 보였다. 단순히 속도만 느리다고 해서 제대로 된 삶은 아니지만, 제대로 된 삶은 남들보다 느릴 수밖에 없다. 꼼수보다는 정도를 추구하고 속도보다는 가치를 생각하기 때문이다. 어떤 가치를 지키면서 사느냐가 인간다운 삶의 시작이다.

이곳에서 나도 책을 읽기도 하고 생각에 빠지기도 하며 한적하게 시간을 보냈다. 책을 읽다가 가슴을 울리는 문장을 만나면 읽는 속도가 느려진다. 한 글자 한 글자 곱씹으며 문장을 입에 담고 손으로 천천히 밑줄 긋는다. 술술 빠르게 읽히는 책보다 자꾸 책을 덮고 생각하게 만드는 책이 더 훌륭한 책이다. 여행의 소중한 추억들이 느리게 기억되는 것처럼 찬란했던 삶의 부분들도 실제 속도보다 느리게 움직인 것처럼 추억된다. 지금의 삶이 느려지지 않는다면 삶을 제대로 살지 못하는 것일 수도 있다.

나눔의 고장

아시시

아시시는 가톨릭의 주요 성자인 성 프란체스코의 도시다. 이곳에서 태어나 이곳에서 생활했고, 이곳에 그의 유해와 유품이 보존되어 있다. 성 프란체스코는 1182년 아시시에 부유한 가문의 아들로 태어났다. 부잣집 아들 이야기가 대부분 그렇듯 그는 젊은 시절 방탕한 생활을 하다가 종교적 깨달음을 얻는다. 그 후로 세속적인 부를 버리고 청빈한 삶을 중시하는 프란체스코 수도회를 만들었다. 그는 자신이 가진 모든 것을 가난한 자들에게 내어주었다. 한겨울에 자신이 입은 옷을 벗어주고 거의 벌거벗고 다닐 정도로 나눔과 구제에 힘쓴 인물이다.

프란체스코의 첫 제자인 성녀 키아라도 이곳 출생이다. 영어로는 성 클라라로 라틴어에서 밝음을 상징하는 '클라룸'에서 그 이름이 유래했다. 그녀 또한 키아라 수녀회를 설립하고 검소한 생활을 중시했다.

마치니 거리에 들어서니 프란체스코회를 상징하는 갈색 옷을 입은 수도자들이 곳곳에 눈에 띈다. 거리에는 성물을 파는 상점들이 나란히 이어져 있다. 산타 키아라 성당은 성녀 키아라를 기리기 위한 성당으로 그녀의 유해와 유물이 보관되어 있다.

조금 올라가 산 루피노 성당에 다다랐다. 아시시에서 가장 오래된 성당으로 11세기에 지어졌다. 성 프란체스코와 성녀 키아라가 세례를 받은 곳으로 성 프란체스코가 아버지의 상속권을 거부하며 옷을 벗는 장면이 기록되어 있었다. 내부는 결혼식을 준비하고 있어 눈치를 살피며 성당을 구경했다. 신랑 신부가 누군지는 모르지만, 성 프란체스코와 성녀 키아라처럼 살기를 기대해 보았다. 검소하게 살라는 의미는 아니었다. 지금 이 처음의 마음이 계속 이어지기를 바랐다.

결혼식에 참석하는 사람들의 의상이 너무나도 멋있었다. 이탈리아는 패션의 나라임을 증명하듯 영화 시상식 참가자들이 들어서기 시작한다. 심지어 정장을 갖춰 입고 엄마 손을 잡은 아이의 모습마저 화보의 한 장면 같았다. 부러운 마음에 사진 찍기도 민망스러워 카메라를 꺼내지도 못했다. 대신 신랑과 신부를 바라보며 성 프란체스코와 성녀 키아라처럼 지금의 신념을 굳건히 지켜내기를 잠시 기도해 주었다.

로카 마조네에서 아시시의 전경을 둘러보았다. 넓은 평원 위에 올리브 나무들과 집들이 군데군데 흩어져 있다. 작고 소박하게만 느껴졌던 마을이 참 풍요로워 보인다.

산 프란체스코 성당으로 향했다. 산 프란체스코 성당은 이름에서도 알 수 있듯이 성 프란체스코를 기리기 위해 지어진 성당으로 그의 유골과 유품이 안치되어 있다. 성당 내부에는 그의 삶의 주요 장면들이 벽화로 그려져 있다.

나에게 따뜻한 친절과 음식을 대접해준 모녀 여행자와 헤어지고 기차 시간이 조금 남아 기차역 근처에 산타 마리아 델리 안젤리 성당으로 향했다. 이곳은 프란체스코가 힘들었던 시절을 보낸 성당이다. 이곳 뒤에 있는 성당은 성 프란체스코가 눈을 감은 장소다. 이곳에는 두 가지 기적이 전해져 내려온다. 성 프란체스코가 욕망을 이기기 위해 장미 덤불에 몸을 던졌다. 그 이후로는 가시 없는 장미가 자라고 있다. 또 하나는 흰 비둘기인데 700년 동안 대를 이어가며 성 프란체스코의 조각상을 떠나지 않고 있다고 한다.

신의 베풂을 몸소 실천한 성 프란체스코의 도시에서 나눔의 따뜻함을 느꼈다. 소박하고 정겨운 마을. 따뜻하고 자상한 도시. 그곳은 아시시였다.

르네상스가 꽃핀 도시

피렌체

가보지 못한 도시에 향수병을 느끼고 운명처럼 끌리는 도시가 있다. 나에게 그런 도시는 피렌체다. 수많은 천재들의 도시다. 단테, 마키아벨리, 베르디, 푸치니의 고향이자 미켈란젤로, 레오나르도 다빈치, 라파엘로, 도나텔로 등 위대한 예술가들이 활동했던 도시다. 르네상스가 시작된 이 도시는 엄청난 양의 문화재와 예술품을 보유하고 있다. '꽃피는 곳'이라는 'Florentia'라고 부른 데서 피렌체로 불리기 시작했다. 아르노 강가에 만발한 꽃처럼 이곳에서 르네상스라는 새 시대가 꽃피기 시작한 도시다. 비자발적으로 이 세상에 태어난 나지만 만약 내가 태어날 곳을 정할 수 있었다면 나는 분명, 피렌체를 택했을 거다.

도시를 여행하기 전 그 도시와 관련된 작품들은 챙겨보는 버릇이 있다. 주로 영화와 책이다. 이 도시를 여행하기 전 읽을 책을 고르는 데 무척 애를 먹었다. 훌륭한 작품들이 너무 많아서다. 결국, 고른 책은 마키아벨리의 『군주론』이었다. 양이 많지 않고 내가 생각하기에 마키아벨리는 저평가 받고 있는 천재이기 때문이다. 마키아벨리의 『군주론』은 단테의 『신곡』보다 번역이 많이 된 책이다. 불행하게도 내가 고른 책은 정확하지 않은 해석이 즐비해 나에게 혼란만 가중시켰다. 『군주론』은 해석하기가 어렵고 내용에 따라서 논쟁거리가 참 많다. 또 여행의 두려움이 싹튼다. 나는 이 도시를 제대로 이해할 수 있을까? 이 도시의 외관만을 보며 감탄하는 것을 넘어 도시의 내면까지 마주할 수 있을까? 불안한 마음으로 산타 마리아 노벨라 역에 내렸다.

피렌체에서 내가 가장 먼저 찾은 곳은 두오모가 아닌 산타 크로체 성당이었다. 고딕 양식을 한 이 웅장한 성당에는 피렌체를 빛냈던 300여 명의 사람들이 잠들어 있다. 마키아벨리, 미켈란젤로, 지동설을 주장한 갈릴레이도 이곳에 묻혀있다. 게다가 '스탕달 신드롬'이라는 심리학 용어가 시작된 곳이다. 프랑스 작가 스탕달은 피렌체에서 이 신드롬을 경험했다. 스탕달은 산타 크로체 성당 안의 묘들을 보며 어지러움을 느끼기 시작했고, 결국 조토의 벽화 앞에서 거의 정신을 잃었다. 너무나 아름다운 예술품 앞에서 정신적 혼란을 겪는 이런 현상을 피렌체의 정신과 의사인 그라치엘라 마게리니가 자신의 저서 『스탕달 신드롬』에서 저술하면서 널리 알려졌다. 그래서 스탕달 신드롬은 '피렌체 신드롬'이라고도 불린다. 나도 그들이 한 곳에 묻혀 있는 모습을 보면서 알 수 없는 기분에 휩싸였다. 기분 좋은 어지러움이었다.

마키아밸리가 일반 업무를 보던 장소를 지나 단테의 생가를 방문했다. 사실 단테의 신곡은 번번이 완독에 실패한 책이다. 지옥을 묘사한 장면에서 큰 죄책감을 느낀 것도 아니었는데 항상 덮인 책은 다시 펼쳐지지 않았다. 힘겹게 펼쳐진 책은 너무 읽은 지 오래되어 다시 앞 페이지로 돌아가야만 했다. 그렇게 나는 삶도, 책도 항상 연옥에 멈춰져 있었다.

이곳에 오기 전 다시 한 번 읽어보고자 했지만, 쉽사리 손이 가지 않았다. 미켈란젤로는 지구 위를 걸었던 사람 중 단테보다 위대한 사람은 없다고 말했다. 나는 천재 중의 천재를 이해할만한 지적 능력이 부족했다. 이곳에서 단테의 초상화를 보니 무언가 색다르다. 매부리코에 사나워 보이는 눈을 가진 그의 얼굴에 치열했던 삶의 모습들이 담겨 있었다. 어리고 어리석은 내가 어찌 그를 감히 이해할 수 있을까?

베키오 다리라고 불리는 폰테 베키오에도 그의 삶의 중요한 부분이 담겨 있다. 그는 이 다리에서 베아트리체를 만나 사랑에 빠진다. 그는 베아트리체와의 사랑이 자신의 영혼을 지배했다고 기록해 놓고 있다. 사실 그는 9살에 그녀를 처음 만났고 그 후 18살이 되어서야 다시 그녀와 이곳에서 재회했다. 그는 그녀를 열렬히 사랑했지만 그게 그녀와의 두 번째 만남이자 마지막 만남이었다. 그는 딸을 돈 많은 금융업자와 결혼시킨 베아트리체의 아버지 포르티날리를 증오했다. 단테의 『신곡』을 보면 돈 많은 금융업자들이 받는 형벌을 상세히 기록해 놓았다.

메디치 가문의 교훈

단테의 『신곡』에서는 지옥에 위치한 금융업자 가문일지언정 피렌체에는 존경받는 금융업 가문이 있다. 메디치 가문이다. 메디치 가문은 13세기부터 17세기까지 피렌체와 토스카나 지방을 다스렸고 강력한 영향력을 발휘했다. 메디치 가문은 네 명의 교황을 배출했고 프랑스와 영국을 포함해 많은 유럽 왕조와 혼인 관계를 맺었다. 문예부흥의 한복판에서 수많은 예술가들을 후원하고 이를 통해 시대를 지배했다. 상업과 정치에 큰 영향력을 발휘했을 뿐만 아니라 뛰어난 안목을 바탕으로 예술가들을 후원해 르네상스 시대를 열었다. 지금도 많은 기업들이 예술에 후원하지만, 투기와 상속세를 회피하기 위한 일부 불순한 그들의 목적과는 달리 메디치 가문의 동기는 순수했다. 이 가문의 후원으로 피렌체는 르네상스의 중심지로 부상할 수 있었다. 이들의 후원으로 여러 분야의 예술가, 철학자, 과학자, 상인들이 모여 이전에 없던 방식의 예술을 탄생시켰다.

서로 다른 분야가 서로 교류, 융합하여 독창적인 아이디어나 뛰어난 생산성을 나타내고 시너지를 창출한다는 경영학 용어인 '메디치 효과'의 모태가 되었다. 이 가문의 영광은 온 피렌체에 널리 퍼져 있다. 이 가문의 영향을 받지 않은 곳을 찾기가 힘들다. 메디치 가문의 코시모 1세의 동상이 중앙에 있는 시뇨리아 광장의 베키오 궁전은 메디치 가문의 옛 궁전이다. 세계적인 미술관인 우피치 미술관은 메디치 가문의 수집품을 소장하고 있는 곳으로 과거 메디치 가문 코시모 1세의 사무실로 지은 건물이다. 우피치Ufizi는 이탈리아어로 사무실오피스, Office을 뜻하는 말이다. 메디치 리카르디 궁전은 100년 동안 메디치 가문의 궁전으로 쓰였으며, 산 로렌초 성당은 메디치 가문의 성당이다.

도나텔로가 여생을 품위 있게 보내기 위해서 더 이상 조각을 할 수 없을 때까지 주문을 지속한 것도 메디치 가문의 배려였다.

덧셈과 곱셈만이 강조되는 경쟁사회에서 뺄셈과 나눗셈의 가치를 지키기란 쉽지 않다. 이 가문의 유산은 잃은 것에 연연하며 나누는데 인색해져 버린 나에게 큰 가르침을 나누어 주었다.

"그는 사려가 깊고 중후하며 예의가 바르고 덕망이 넘쳤다. 고통과 유배와 신변위협을 겪으면서도 관대한 성품으로 모든 정적을 누르고 사람들의 인기를 모았다. 부자이면서도 생활 모습은 검소하고 태도는 소탈했다. 당대에 그처럼 정치에 통달한 이는 드물었으니, 그는 변화무쌍하고 복잡한 피렌체를 실질적으로 지배할 수 있었다."

– 코시모 메디치에 대한 마키아벨리의 평가

필리포 브루넬레스키
- 진정한 르네상스의 건축가

메디치 가문의 후원을 받은 숨겨진 천재는 필리포 브루넬레스키다. 필리포 브루넬레스키Filippo Brunelleschi, 1377~1446는 르네상스 건축의 문을 연 건축가였다.

그가 지은 건축물 중 가장 유명한 것은 영화 〈냉정과 열정 사이〉에 나온 피렌체 두오모인 산타 마리아 델 피오레 성당이다. 미켈란젤로가 바티칸에 있는 산 피에트로 대성당의 설계를 제안받자 피렌체의 두오모보다는 크게 지을 수는 있지만, 더 아름답게 짓지는 못한다고 했다. 그는 쿠폴라를 완성한 사람이다.

1401년, 브루넬레스키는 세례당의 청동문 세트를 디자인하는 공모전에 응모했었다. 1402년 기베르티가 당선의 영예를 안았다. 사실 심사위원들은 두 사람이 힘을 합치기를 원했으나, 브루넬레스키의 자존심이 허락하지 않았다. 그는 로마로 훌쩍 떠났고 기베르티는 북쪽 문과 미켈란젤로가 천국의 문이라고 극찬했던 동쪽 문을 완성한다. 이 두 사람의 출품작은 피렌체 바르젤로 국립 박물관에서 볼 수 있다.

그가 다시 피렌체로 돌아온 건 15년 뒤인 1417년 피렌체 대성당의 돔 설계 공모에 참가하기 위해서였다. 1296년에 첫 공사를 시작했지만 지름이 42m, 높이가 84m인 돔을 당시 기술로 짓지 못하고 있었다. 브루넬레스키는 성 요한 세례당과 판테온의 구조를 혼합해서 만든 이중 껍질로 이 문제를 해결했다. 그는 로마에 있는 동안 로마 건축을 연구하며 고전 건축과 새로운 건축 흐름을 조화시키는 노력을 해왔었다.

1420년, 결국 기베르티와의 경쟁에서 이겼고 공사를 시작한 지 150년이 넘게 지난 1437년에 지름 42m, 높이 106m의 피렌체 두오모를 많은 우여곡절 끝에 완성할 수 있었다. 당시 건축가는 인정받지 못하는 사회였다. 하나의 기술자일 뿐 사회적 지위는 낮았다. 하지만 그는 두오모에 시신이 안치될 정도로 건축가에 대한 인식을 바꿔 놓은 인물이다. 그는 쿠폴라를 세우기 위해 기중기와 권양기 등 기상천외한 기구들을 사용했다. 공사를 지켜보며 신기한 장비들에 관심이 많았던 소년이 있었다. 공방에서 일하던 소년은 빈치 마을에서 온 레오나르도였다. 그래서 그는 '레오나르도 다 빈치'로 불리게 된다.

그의 천재성이 드러나는 또 하나의 사례는 그가 원근법의 창시자라는 점이다. 그는 르네상스의 건축뿐만 아니라 르네상스의 미술에도 지대한 영향을 미쳤다. '소실점'을 수학적으로 정확히 계산해 미술의 새 지평을 열었다. 그의 작품은 모두 소실되어 감상할 수 없지만 산타 마리아 노벨라 성당에 그의 영향을 받은 마사초의 '성 삼위일체'가 보존되어 있다.

천재를 알아보는 안목

예전에는 내 꿈을 후원할 수 있는 사람이 있었으면 좋겠다고 바란 적이 있었다. 하지만 조금 세상을 알게 되면서 천재를 알아보고 키우는 후원자가 더 대단하다는 사실을 깨닫게 되었다. 전에는 미켈란젤로가 되고 싶었다면 지금은 코시모 디 메디치 같은 인물이 되기를 꿈꾼다. 현실은 저녁 먹을 돈도 빠듯할 정도로 가난하지만.

세상을 살아가면서 느낀 사소한 사실 중 한 가지는 부자가 되었거나 세상을 바꾼 사람들은 세세한 기술에 연연하지 않는다는 점이다. 전략과 시스템을 구축하는데 그 역량을 쏟는다. 그들은 천재가 되기 위해 노력하지 않고 천재를 다루기 위해 노력한다. 큰 그림을 그리고 필요한 사람들을 찾아 배치하는 일에 주력한다. 영어와 자격증 시험을 공부해 남의 꿈을 도우며 그 대가로 받는 연봉을 좇으며 살지 않는다. 대신 큰 시스템을 구축하고 그곳에 능력 있는 사람들이 모이도록 만드는 일에 열중한다. 영어가 필요하면 영어를 잘하는 사람을 자신의 편으로 만들면 되고 어떤 기술이 필요하면 기술자를 끌어들이면 된다.

내가 여행하면서 사용하는 트립어드바이저와 에어비앤비, 카우치 서핑도 어떤 자산이 필요한 기업들이 아니다. 이용자가 콘텐츠를 개발하고 홍보하고 확장시킬 수 있는 터전을 만듦으로써 그 기업가치를 높인다. 사람의 마음을 읽고 그 욕망을 다룰 줄 아는 기업들이다.

천재 경영자 한 사람이 모든 정보와 상품을 만드는 시대는 한참 전에 지났다. 사람들이 컨텐츠를 주고받는 광장을 만들어 돈을 번다. 에어비앤비는 호텔자산이 한 개도 없음에도 불구하고 세계적인 호텔체인인 힐튼을 앞서기 시작했다. 구글과 애플도 마찬가지다. 그들은 고객들이 사용하는 어플을 모두 개발하지 않는다. 만들고 팔고 살 수 있는 가상의 장소만 제공할 뿐이다.

제대를 하고 운이 좋아 인기 있는 과외 선생님으로 살았었던 때가 있다. 돈이 많은 집에서는 아이의 성적에 열을 올리는 반면 부자인 집에서는 아이의 인성과 인문학적 소양을 키우는데 일찍부터 주력한다. 시간이 지나고 나니 결국 성적에만 목을 맸던 아이는 훌륭한 사회적 부품으로 연봉에 끝까지 목매다는 반면 사회의 구조와 흐름 그리고 사람 다루는 방법을 깨우친 아이들은 자기가 원하는 세상을 이루기 위해 노력하고 있다. 세상의 설계자가 되느냐 훌륭한 부품이 되느냐는 그 집안의 교육철학에 달려 있었다.

냉정과 열정사이

조토의 종탑에서 피렌체 시내와 두오모를 바라보았다. 종탑은 두오모의 쿠폴라 보다는 고작 6m 낮을 뿐이라서 굳이 두오모에 올라갈 필요는 없었다. 414개의 계단을 오르는 것도 힘들었는데 내일 463개의 계단을 올라야 하나 잠시 고민했다. 그래도 너무나 멋있는 그곳에 올라가고 싶은 마음에는 변함이 없었다. 조토의 두오모 종탑 앞에서 캄비오의 두오모, 브루넬레스키의 쿠폴라가 이루는 조화로운 풍경은 기대감을 갖기에 충분했다.

아침부터 설쳐야 하는 바람에 같이 방을 쓰는 사람들의 눈치를 견뎌야 했다. 나는 방을 같이 쓰는 사람들과 친하게 지내진 않았지만, 가끔 사람들은 나에게 아침 일찍부터 어디를 그렇게 다니냐고 약간 짜증을 섞어 묻곤 했다. 나는 그냥 그들의 질문을 멋쩍게 웃어넘겼다.

하루는 미켈란젤로의 다비드상을 보러 아카데미아 미술관에 가느라, 다른 날에는 보티첼리의 작품을 보러 우피치 박물관에 가느라 일찍 일어나야만 했다. 표를 미리 예매하지 않았던 탓에 아침 일찍 줄을 서야 했기 때문이다. 아침마다 일찍 일어나 어디를 나가니 그들 눈에는 피렌체에서 우유나 신문배달을 하는 열정의 여행자처럼 보였을 수도 있었겠다.

에드워드 모건 포스터는 소설『전망 좋은 방』에서 피렌체의 아침을 이렇게 묘사했다. "피렌체에서 깨어나는 일, 햇살 비쳐드는 객실에서 눈을 뜨는 일은 유쾌했다." 내가 묵은 숙소는 전망 좋은 방은 아니어서 그런지 나와 함께 방을 쓰는 사람들에게는 피렌체에서 깨어나는 일은 꽤 불쾌한 듯 보였다.

그들이 여기 와서 하는 일을 정리하면 이렇다. 낮에 빈둥빈둥 대다가 여자 몇 명을 꼬신다. 저녁에 그들과 관광객만 간다는 레스토랑에서 티본 스테이크를 먹고 야경이 보이는 미켈란젤로 언덕에 경호원인 것처럼 같이 올라가 사진을 찍어준다. 다음 날에는 아울렛에서 짐꾼 노릇을 충실히 하다가 버림받고서는 여우니 뭐니 욕을 한다. 욕을 하는 이유는 잘 모르겠다. 한인민박 도미토리에 묵는 걸 보면 같이 뜨거운 하룻밤을 보낼 기대는 하지 않았으리라 생각한다. 그렇게 욕을 한 다음에는 새로 방을 쓰게 된 사람들에게 으스대며 피렌체는 4시간이면 다 둘러본다는 다소 어이없는 조언을 남긴다. 그러고 다음 날 다시 빈둥대다가 피렌체를 떠난다.

이 패턴은 놀라운 복제 능력을 갖고 있어서 새로 들어온 사람들도 하루 동안 피렌체를 둘러보고 이전 사람들의 행동을 답습한다. 나는 가이드북이 없어 사실 확인은 못 했지만, 피렌체 3박 추천일정 페이지에 이렇게 이 도시를 여행해야 한다고 쓰여 있는 듯했다.

사실 오늘은 아침 일찍 서두를 필요는 없었지만, 영화 〈냉정과 열정 사이〉의 준세이처럼 가장 처음 쿠폴라에 올라가고 싶었다. 전날 종탑에 오르면서 통합 입장권을 산 탓에 바로 입장이 가능했다. 쿠폴라 올라가는 입구로 곧장 향했다. 아침도 먹지 않고 나왔건만 내 앞에 일본인 대학생으로 보이는 4명이 서 있었다. 두 쌍의 커플이 같이 여행 온 듯 보였다. 표가 없으면 매표소로 가야 했기 때문에 그들의 손을 훔쳐봤다. 아쉽게도 표가 들려 있다.

정말 제대로 영화 속의 주인공들이 되려면 오늘 헤어지고 10년 뒤에 혹은 여자친구가 서른 살이 되는 생일에 만나라고 이야기해주고 싶었다. 사랑은 열정으로 시작해 냉정으로 끝나는 거라고 그들을 속으로 비아냥거렸다. 하지만 영화 속에서 아오이는 피렌체의 두오모는 '연인의 성지'라고 말했다. 사실 혼자 온 내가 불청객이었다.

두 남녀 작가 츠지 히토나리와 에쿠니 가오리가 썼던 소설이 나온 지 15년 만에, 영화가 나온 지 12년 만에, 준세이와 아오이가 10년 만에 재회한 두오모에 올랐다. 〈냉정과 열정 사이〉에 빠져 있을 무렵의 내 모습이 떠오른다. 그 시절, 준세이에 푹 빠져 채팅프로그램의 대화명을 그의 이름으로 설정해놨던 시절이 있었다. 아련한 사랑을 다시 마주하며 그가 지은 수줍은 미소는 남자인 나의 마음도 흔들었다. 젊은 날의 엇갈리는 사랑이 주는 방황과 고뇌. 그 속에 피어난 순수한 아픔과 그리움, 그리고 눈물. 이곳은 나의 낭만적인 향수를 자극하고 있었다. 그 당시 아직 어렸던 내 모습이 성큼 다가와 눈앞에 서있는 기분이 들었다. 이른 아침, 467개의 계단을 5등으로 올라 추억을 가장한 이런저런 잡생각에 빠져버렸다.

〈냉정과 열정 사이〉의 OST를 틀었다. 너무나도 뻔한 선곡이었다. 하지만 막상 혼자 오니 딱히 할 게 없었다. 피렌체의 전경을 바라보며 모든 노래를 다 듣고 내려가자고 다짐했다. 그리고 나는 상념에 젖었다.

작품 속에서 그들의 사랑은 깊었지만, 자꾸만 엇갈리는 현실 속에서 오해와 갈등 또한 깊어간다. 잦아지는 다툼과 실망이 사랑을 가리는 동안 사랑은 열정에서 냉정으로 조용히 옷을 갈아입는다. 더 이상 상처받지 않기 위해 냉정을 택하는 그들의 슬픈 사랑. 항상 같은 부분에서 틀리는 바람에 연주가 끊겼던 첼로 연주자처럼 항상 사랑은 상처 앞에 반복적으로 멈추고 막힌다.

삶도 이와 닮았다. 누구나 실수를 반복하고 열정과 냉정 사이를 오가며 살아간다. 엇갈리는 운명 앞에서 속수무책으로 어긋나고 뒤틀리던 삶의 지점들을 회상했다. 열정적으로 복원하고 회복하려 애썼던 시간들도 있었고 어떤 것들은 냉정하게 돌아서 잊어보려 노력했던 때도 있었다.

— 나는 10년 동안 어떤 선택을 해오며 살아왔는가?
선택의 기준은 무엇이었나?
그 선택의 결과를 어떻게 감당하고 견디며 성장했는가?

준세이는 이 영화에서 복원미술가로 등장한다. 죽어가는 것을 되살리고 시간을 되돌리는 직업이다. 과거에 얽매이지 말고 미래에 기대하지 않고 현재를 충실히 살아가자는 다짐이 조용히 무너진다. 노래가 갑자기 슬프게 들리기 시작한다. 피렌체에서는 아침마다 일찍 일어난 탓에 하품할 힘도 없었던 것 같다. 하품 없이 궁상맞은 눈물이 흘렀다.

여행자의 구애

시에나

이탈리아는 불과 150년 전까지만 해도 통일국가가 아니었다. 중세 이탈리아 반도에는 강력한 도시국가들이 다양하게 존재했다. 프레드릭 바바로사가 황제로 임명된 12세기 중엽 이후, 교황 알렉산더 3세와 왕의 반목이 도시들을 구엘프派Guelph: 교황 지지와 기벨리네派Ghibelline: 왕 지지로 분열시키면서 이탈리아는 도시 국가들의 전쟁터로 변한다.

도시 공화국 시절 시에나는 피렌체와 적대관계에 있었다. 피렌체는 황제를 지지했고 시에나는 교황을 지지했다. 12세기 초부터 두 도시는 몬타페르티 전투를 비롯해 지금까지도 잘 알려진 일련의 전투가 끊임없이 벌어졌다. 하지만 결국 이탈리아 전쟁에서 공화국은 피렌체 공국에 패하였다. 18개월의 저항 끝에 1555년 4월 17일 공화국의 역사는 막을 내렸다.

피렌체를 사랑한 내가 오는 게 이 도시는 꽤나 불편해하는 것처럼 보였다. 내가 시에나에 도착하니 많은 비가 내리기 시작했다. 산 도메니코 성당은 공사 중이라 출입을 일시적으로 막아놓은 상태였다. 이탈리아에서도 아름답기로는 둘째가라면 서러운 시에나 두오모는 폭우로 정전되어 관광객 출입을 제한하고 있었다. 얼마나 기다려야 하냐고 물으니 한 시간 정도면 다시 출입이 가능할 거라 관리인은 말했다. 하지만 이곳은 이탈리아다. 한 시간이 하루가 될지, 일 년이 될지는 아무도 모른다. 이탈리아 여행경험을 통해 익히 알고 있었다. 어떻게 이 나라에서 패스트푸드가 탄생하고, '신속하다'라는 뜻의 에스프레소 커피가 탄생했는지 참 불가사의하다.

그럼에도 한 번 더 믿어보기로 하고 푸블리코 궁전으로 향했다. 시에나를 한눈에 조망할 수 있는 만자 탑도 비와 바람으로 입장이 불가능했다. 할 수 없이 시립 박물관에서 암브로조 로렌체티의 작품을 먼저 구경했다. 박물관 테라스로 가니 처마 밑으로 빗물이 폭포수같이 쏟아진다.

테라스에 앉아 시에나의 모습이 구름에 가려졌다 나타났다 하는 모습을 하염없이 바라봤다. 라스베가스 스트립쇼 여성 댄서처럼 능숙하게 한 남자의 애간장을 태웠다. 두 시간이 지나 다시 시에나 두오모를 찾았지만 많은 관광객들이 발길을 돌리고 있었다. 혹시나 하는 기대도 돌렸다.

시에나는 레무스의 아들이자 로물루스의 조카인 세니우스와 아스키우스가 세웠다고 전해진다. 그들의 아버지가 로물루스에게 살해당하고 로마에서 도망쳐 나올 때 젖 먹이는 카피톨리나 늑대상을 가져왔다. 이 석상은 시에나의 상징물이 되었다. 이때 두 형제는 하얀색 말과 검은색을 말을 각각 타고 왔다. 이 말의 색깔이 검은색과 흰색 줄무늬가 있는 시에나의 문장이 되었다고 전해진다. 때문에 캄포 광장에 있는 폰테 가이아뿐만 아니라 도시 곳곳에서 늑대상을 볼 수 있다. 흑색과 백색으로 지어진 시에나 두오모도 시에나의 색을 담고 있다.

캄포 광장에 있는 카페에 들어가 파스타로 이른 점심을 먹기로 했다. 만자의 탑은 '먹는다'라는 뜻의 'Mangia만자'에서 유래했으니 탑에 못 올라간 아쉬움을 먹는 걸로 달래고 싶었다.

스파게티면은 포크로 꼬아져 돌돌 말린 채로 입에 들어가지만 입 안에서는 금세 풀어진다. 꼬인 여정도 순순히 풀렸으면 하는 바람으로 그릇에 정갈하게 말아 올려진 파스타 한 주먹을 비워냈다. 웨이터가 견과류로 만든 시에나의 전통 디저트 판포르테를 가져오며 키안티 와인이 바닥을 드러낸 잔을 힐끗 쳐다보고는 한잔 더 마실 건지 묻는다. 나는 그라파가 있냐고 물었다. 아주 좋은 그라파가 있다며 과장된 손짓을 한다. 나는 메뉴판을 훑고 적당한 가격의 그라파 한 잔을 주문했다.

그라파 Grappa 는 이탈리아의 증류주 브랜디다. 와인을 증류하여 만드는 일반적인 브랜디와 달리 포메이스 포도 찌꺼기 를 발효시킨 알코올을 증류하여 만든다. 알코올 도수가 30도가 넘는 독한 술이다. 달콤한 디저트에는 부드러운 술이 제격이지만 비가 오고 여행이 계획대로 안 돌아가니 울적한 기분을 달래야 했다. 흑사병으로 고통받던 시기, 함부로 외출할 수 없었기에 판포르테를 먹으며 병마가 지나가길 기다렸다고 한다. 나도 한 잔의 술과 판포르테로 이 폭우가 지나가길 기다렸다.

그라파를 담은 작은 잔 위로 저 멀리 폰테 가이아가 보인다. 시에나는 물이 부족한 도시였다. 그래서 1346년 30km 떨어진 곳에서 물을 끌어왔고 이곳에 폰테 가이아라는 분수를 제작했다. 물이 부족한 도시에 큰비가 내리는 모습이야말로 희귀한 장면이 아닐까 스스로를 위로했다. 내 여행이 꼬였다고 생각된 이유는 비가 아니라 꼬인 내 마음 탓이었다.

캄포 광장을 지나 골목 안으로 무작정 들어섰다. 시에나 레드라는 고유의 색이 있을 만큼 시에나의 건물색은 흔한 듯하면서도 미묘한 매력을 지녔다. 흙빛을 띠는 붉은 도시는 젖은 모습마저 참 아름다웠다. 나도 그라파를 마신 탓에 얼굴이 약간 붉어졌다. 원래 얼굴이 흙빛인 탓에 알코올에 붉은빛이 돌기 시작한 얼굴색이 시에나 레드와 비슷했다. 시에나의 문장을 마주칠 때마다 반팔 셔츠를 걷으며 빼빼로처럼 탄 내 팔뚝을 보여주었다. 나도 햇빛에 팔이 그을려 팔 아래쪽은 까맣고 팔 위쪽은 하얗다며 아래는 검정색 위로는 흰색 줄이 있는 시에나의 상징문양과 비슷하지 않느냐고 억지를 부렸다. 그렇게라도 이 도시와 친해지고 싶은 마음에 어리광을 피웠다. 사실 그라파의 알코올 도수가 높았던 탓에 취객의 모습과 다름없었다.

건물 위로는 콘트라다 문장의 깃발이 걸려 있다. 콘트라다는 도시 안에 위치하는 마을 단위의 개념으로 시에나에는 17개의 콘트라다가 존재하고 있다. 시에나 사람들은 콘트라다에 대한 자부심이 대단하다.

결혼식, 장례식은 물론 생애주기와 관련된 모든 행사를 자신이 속한 콘트라다의 성당에서 진행한다. 토스카나 지방에 내려오는 전통이지만 현재는 시에나에서만 계승되고 있다. 이 콘트라다 간의 경쟁을 잘 보여주는 행사는 '팔리오'다. 말달리기 시합으로 부채꼴 모양을 한 캄포 광장에서 매년 7월 2일과 8월 16일 저녁에 열린다.

단순한 경마 게임이 아니다. 이 경기를 위해 마을 전체가 1년 동안 준비한다. 지역 대표로 뽑힌 말은 다른 콘트라다의 위협과 모략을 피하고자 사람들의 경호를 받으며 최고의 식단을 제공받는다. 어쩌면 한일전보다 더 중요한 경기다. 이렇게 지역 감정, 도시 감정, 심지어 마을 감정마저 심한 도시에서 내가 환영받기란 불가능해 보였다.

시에나 대학을 지나쳐 산 프란체스코 대성당에 도착했다. 텅 빈 성당에 한 사람이 성당 그림을 복원하고 있었다. 방해가 될까 싶어 다시 입구로 나와 떨어지는 비를 잠시 올려다본 뒤 다시 골목으로 향했다. 흠칫 놀랐다. 골목에 발가벗은 한 여인이 창문 커튼 뒤에서 나를 쳐다본다. 돌로 조각된 그녀는 대각선 건너편에 한 집을 바라보고 있었다. 그녀의 사연이 궁금했지만 알 도리가 없었다. 어찌 내가 모든 사연을 다 알 수 있을까? 인생의 의미를 알지 못하고 살아가듯 의미를 알지 못해도 그 여인의 마음이 느껴지는 듯했다. 가슴을 드러낸 채 창

뒤에 숨어 커튼을 살짝 젖히고 은밀히 바라보는 여인의 눈빛이 애절하다. 그녀의 간절한 그리움과 연민이 눈을 통해 애틋하게 다가온다. 호기심을 비에 씻겨 보냈다. 이 비가 그녀의 마음에 위로가 되었으면 했다. 비가 시에나 사람의 마음을 위로하기 위해 내렸다면 여행쯤이야 한 박자 쉬어가도 크게 문제 될 건 없었다. 그렇게 나는 시에나를 떠나기 위해 버스정류장으로 발걸음을 옮겼다.

세월의 도시

📍 산 지미냐노

토스카나 지방에서 가장 중세의 모습이 잘 보존되어 있는 마을로 향하는 길. 푸른 들판의 와이너리와 올리브 나무들 위로 뉴욕의 마천루를 닮은 도시가 보인다. 가장 중세다운 모습을 갖고 있지만, 현대의 도시 모습과 묘하게 닮은 도시가 산 지미냐노다. 11세기에서 13세기 무렵, 산 지미냐노는 '길' 덕분에 번성할 수 있었다. 프란치게나 가도에 위치한 덕분에 성지 순례자들과 무역상이 지나다니며 도시에 부를 가져다주었다. 하지만 길은 다시 도시의 쇠락을 불러온다. 길을 따라 들어온 흑사병과 피렌체의 침략으로 이 도시는 발전을 멈추게 된다. 더딘 혹은 멈춰 버린 발전으로 이 도시는 지금까지 중세의 모습을 고이 간직하고 있다.

버스에서 내려 작은 도시를 둘러싼 성안으로 들어섰다. 좁은 골목을 지나 토스카나의 초록 들판이 보이는 옛 요새 로카로 향했다. 포도나무와 올리브 나무가 들판을 초록빛으로 수놓고 있다. 토스카나의 모습을 가장 잘 볼 수 있는 도시라고 해도 과언은 아니다. 구불구불한 길을 따라 높은 첨탑들이 서 있는 곳으로 향한다. 중세 시대가 끝날 무렵 귀족들은 자신의 권위를 과시하기 위해 70m가 넘는 탑을 72개나 세웠다. 지금은 14개가 남아있다.

도시가 작고 첨탑들이 높이 세워져 있어 길을 잃을 염려도 없다. 그냥 발길이 닿는 데로 걷다가 첨탑을 기준으로 방향을 다시 잡으면 된다. 길치도 길을 잃지 않는 도시다. 우리 인생의 길도 이러면 얼마나 좋을까? 인생의 길치인 우리가 길을 잃었을 때 기준점이 되어주는 하나의 잣대를 갖는 일은 참된 축복이다.

팔라초 코무날레시청 옆에 있는 토레 그로사에 올랐다. 이 높은 탑을 짓는 경쟁은 의회가 팔라초 코무날레보다 높게 짓지 못하게 명을 내리면서 자제되었다고 한다. 나도 탑에 올라가 도시의 모습을 바라보았다. 붉은 기와는 오랜 시간 햇빛에 바래져 하얗게 낡아 있다. 현재의 시간 속에 과거의 모습이 아직도 살아남아 함께 흘러가는 모습이다.

치스테르나 광장에 산 지미냐노 뿐만 아니라 이탈리아에서 유명한 젤라또 가게에서 더위를 달래고 유명한 현지 화이트 와인인 베르나치아 디 산지미냐노로 목을 축였다. 골목에서 중세의 모습을 세밀하게 관찰할 수 있고, 첨탑에서 드넓은 토스카나의 전경을 조망할 수도 있는 이 도시는 관광객들의 사랑을 받을 수밖에 없었다.

또한 이 도시는 순례자들이 거치는 프란치제나 길의 연결 지점으로 14, 15세기 이탈리아 종교예술 작품들도 잘 보존되어 있다. 대성당을 비롯한 여러 성당에는 훌륭한 벽화들이 그려져 있다. 성 세바스찬과 성 아우구스티누스와 같은 성인들의 삶을 엿볼 수도 있다.

시간이 멈춘 듯한 이 도시에서 세월의 무상함을 느낀다. 높이를 자랑하던 권력의 탑은 역사의 뒤안길로 사라져 지금은 사람들이 토스카나와 중세의 모습을 바라보는 전망대가 되었다. 이곳을 드나들던 것들은 도시의 번영과 쇠락을 가져다주었다. 도시 밖 포도는 무르익어 가고 무르익은 포도는 와인으로 새로 태어나 다시 익어 간다. 길 위에서 와인을 음미하며 세월의 위대함을 느낀다. 이 도시는 세월의 도시였다.

생각의 틀을 깬다는 것

📍 피사

피사를 한 번 간 여행자는 많았지만 두 번 간 여행자는 찾기 힘들었다. 피사는 '계륵'과도 같은 도시다. 안 가자니 아쉽고, 가려고 생각하면 큰 매력은 없다고 느껴진다. 많은 사람들이 피사의 사탑을 배경으로 미리 약속한 것처럼 사탑을 세우려고 노력하는 자세로 사진을 찍는다. 그러고서는 이 도시를 냉정하게 떠난다.

세계 7대 불가사의 중에 하나지만 사진 한 장을 위해 이곳에 찾는다는 게 나에게는 썩 설득력 있는 동기는 아니었다. 단테와 갈릴레이의 흔적 또한 피사를 찾아야 하는 이유가 되지 못했다. 하지만 여행이 언제나 그렇듯 생각지도 못했던 곳에서 의외의 것을 깨닫는다. 비록 한 장의 사진밖에 건질 수 없다고 할지라도 여행이 연주하는 변주의 흐름에 기대어 피사로 향했다.

피사 역에 내려 버스 혹은 택시를 타는 행렬들을 벗어나 걸어서 피사의 사탑으로 향했다. 피사의 사탑으로 가는 조금은 다른 방식이라는 착각이 싹트기도 전에, 걸어서 피사의 사탑으로 가는 사람들의 행렬이 듬성듬성 이어져 있다. 상인들도 휴가를 갖는 8월이라 이탈리아 관광지답지 않게 상점 대부분이 문을 닫고 있어서 휑한 골목을 거니는 좀비들의 행렬 같다는 느낌이 든다.

아르노강을 건너고 카발리에리 광장을 지나 기적의 광장에 도착했다. 전혀 다른 풍경이 펼쳐지며 피사의 사탑이 눈동자에 맺히자 숨이 턱 하고 막힌다. 직접 마주한 피사의 사탑은 경이로움을 자아내기에 충분했다. 영국의 소설가 토비아스 스몰렛이 이곳을 '거대한 고독'이라 표현한 이유가 무엇인지 알 수 있었다.

높이 55m, 297개의 계단으로 이루어진 8층 높이의 이 사탑은 갈릴레이가 지었다고 알고 있는 사람들도 있지만, 사실이 아니다. 갈릴레이가 태어나기 약 400년 전 세워지기 시작했다. 1173년 8월 9일 시작한 공사는 4층 공사가 진행될 때 지반이 무너지기 시작하면서 서서히 기울기 시작했다. 이후 공사가 100년 넘게 중단되었다. 지반검사 결과 기울기는 해도 무너지지 않는다는 결론을 내렸고, 1275년 다시 공사가 재개된다. 당시의 건축가 시모네 피자노와 지오반니 피자노는 조금 덜 기울어지게 지으면서 안정된 구조를 만들기 위해 노력했다. 이 탑은 1350년에 완공되었고 갈릴레이는 이후 약 200년 뒤인 1564년에 피사에서 태어났다.

갈릴레이가 피사의 사탑 꼭대기에서 다른 질량의 물체를 떨어뜨려 낙체의 법칙을 증명했다는 이야기는 일반적인 상식이지만 이 이야기도 갈릴레이의 제자였던 비비아니가 지어낸 것으로 밝혀졌다. 그럼에도 불구하고 피사가 갈릴레이에게 많은 영감을 주었다는 것은 부정하기 힘들다. 피사 대학에서 수학을 가르치며 많은 연구를 했다. 피사를 거닐며 많은 문제를 고민했으리라. 실제로 그는 피사 성당의 조등이 흔들리는 것을 보고 진자의 등시성을 발견하기도 했다.

기울어짐으로 유명해진 피사의 사탑은 반드시 반듯한 수직으로 세워져야 한다는 틀을 깸으로 유명해졌다. 무너지는 것을 방지하기 위해 최근까지도 보수공사를 해야 했지만 결국 향후 몇백 년 동안은 무너지지 않을 거라고 발표할 만큼 성공적이었다. 기울었을지언정 무너지지 않는 모습은 많은 관광객들에게 깊은 인상을 남기고 있었다.

관광객들의 북적임을 피해 예수가 십자가에 못 박혔던 골고다 언덕에서 가져온 흙으로 만든 캄포 산토로 발걸음을 옮겼다. 회랑 한쪽에 피보나치의 석상이 보인다. 학창시절 배운 피보나치 수열과 황금비율로 유명한 수학자다. 그는 피사의 사탑이 착공될 때쯤 피사에서 태어났다. 지중해 연안의 아랍 국가를 여행하고 돌아와 아라비아 숫자를 유럽에 소개했다. 그리고 산술과 대수의 기초를 마련했다. 이 수학자 덕분에 우리는 '0123456789'라는 숫자를 사용하고 있다.

나도 삶을 미분하며 삶의 작은 조각들을 회상하기도 하고 적분해 삶을 덩어리 채 추억하기도 했다. 어떤 공식에 따라 혹은 일정한 주기에 따라 삶이 흘러갔는지 기억을 보듬어 보았다. 알 수 없는 재미를 느낀 나는 여행도 나누고 합쳐보며 지금까지의 여행을 반추했다. 태양계 내의 각 행성들 간의 거리가 임의적이 아니라 피보나치 수열에 따르는 등각나선으로 배열되어 있듯이 어쩌면 여행에도 일정한 법칙이 있을 수 있고 삶에도 법칙이 있을 수 있다. 수학적으로 증명할 수 없는 이유는 여행과 삶이 갖고 있는 무한한 변칙성 때문일지도 모른다.

수학으로만 세상의 모든 현상을 설명하기는 불가능하다. 여행객들이 똑같은 유적지를 보고 비슷한 음식들을 먹으며 같은 곳에서 비슷한 포즈로 사진을 남기는 법칙을 따른다 하더라도 그 여행이 모두 똑같지 않다. 법칙은 우리에게 질서와 안정을 선사하지만, 때론 경직과 배타성이 짙어져 진보와 발전을 가로막기도 한다.

오랜 시간 믿어왔던 수학과 물리학의 법칙이 깨지고 새로운 법칙이 발견되면서 세상을 바라보는 다른 시각이 열리듯, 삶도 관행과 통념의 경직성이 무너질 때 색다른 시각을 갖게 된다. 오랫동안 진실처럼 믿어왔던 일정한 규칙이 깨지고 새로운 현상이 난무하는 뉴노멀New normal 시대에 오히려 기울어져 유명해진 피사의 사탑은 나 같은 경직된 여행자에게 새로운 시각을 제공해 주었다. 피사의 사탑이 지어진 이후에 기울게 짓는 건축술이 유행하지 않았지만 기울어졌음에도 불구하고 계속 탑의 층을 올린 그들의 시도는 실험적이고 용감했다.

> 파블로 피카소가 500년 전통의 원근법을 무시하고
> '아비뇽의 처녀들'을 그렸을 때,
> 마르셸 뒤샹이 변기를 '샘'이라 이름 붙였을 때,
> 존 케이지가 '4분 33초' 동안 아무것도 연주하지 않았을 때,
> 앤디 워홀이 캠벨 수프 깡통을 늘어놓았을 때,
> 인류는 진보했고 역사는 바뀌었다.
>
> – 허은실, 『나는 당신에게만 열리는 책』

기적의 광장에서 굳어져 버린 사고가 녹아내리는 기적을 경험하기를 소망했다.

5개의 사랑스러운 어촌 마을

친퀘테레

라 스페치아에서 기차를 갈아타고 도착한 친퀘테레. 친퀘테레는 이탈리아어로 '다섯 개의 땅'이라는 뜻이다. 남쪽부터 리오마조레, 마나롤라, 코르닐랴, 베르나차, 몬테로소 알 마레라는 이름을 가진 다섯 개의 마을로 이루어져 있다. 레반토의 리구리아 해안을 따라 이어진 이탈리아의 보석과도 같은 바닷가 마을이다. 산비탈에 포도밭이 일구어져 있고 파스텔톤 건물들이 솔방울처럼 겹겹이 쌓여있다.

가장 북쪽에 있는 몬테로소 알 마레로 향했다. 친퀘테레 중 큰 해변이 있는 유일한 마을이다. 움직이는 콩나물시루 같은 기차를 타고 둘러보는 대신 걸어서 다섯 마을을 둘러보기로 했다. 이 지역은 레몬이 유명하다. 목도 축이고 힘도 얻을 겸 레몬주스를 한 잔 마셨다. 사람들은 몬테소로에 가면 향긋한 레몬 향이 코끝을 찌른다고 했지만, 바닷바람을 타고 은은히 퍼지는 레몬 향은 맡을 수 없었다. 대신 작은 종이컵 한 잔에 2유로나 하는 가격이 내 마음을 찔렀다.

바다에서 휴양을 즐기는 사람을 등지고 하이킹 코스를 향했다. 이 다섯 마을을 모두 걸어서 돌아보려 했다. 하지만 리오마조레와 마나롤라, 그리고 코르닐랴로 이어진 길이 공사 중이라 통행이 불가능했다. 3년 전에 낙석으로 터널이 내려앉아 통제되고 있다고 매표원은 말했다. 아쉬운 마음에 대한민국에서는 3년이면 새 터널을 뚫는다며 괜한 비교를 했다. 힘든 코스를 지나 리오마조레와 마나롤라를 잇는 사랑의 작은 길인 '비아 델 아모레'에서 여행을 마무리하고 싶었다. 고난의 길을 걸은 뒤에 사랑의 환희를 느껴보고자 했던 나의 계획은 파도처럼 부서졌다.

몬테소로 알 마레와 베르나차를 잇는 구간은 4km에 불과하지만, 오르막길이 참 많았다. 길가에서 1유로에 파는 레몬주스를 고민도 하지 않고 들이켜야만 했다. 뒤로는 와인용 포도나무가 자라고 앞에는 파도가 절벽을 때리고서 하얗게 부서지는 언덕에 앉아 숨을 골랐다. 바람도 쉬어가는 이곳에서 파도는 지치지 않았다. 연이어 단단한 절벽은 때리고 부서진 모래를 쓰다듬으며 하얀 거품을 남기고 사라졌다. 바다는 몇 겹의 파도를 품고 있기에 쉴 새 없이 파도를 뱉어내는 걸까? 파도는 하루에 70만 번 땅을 만지고 사라진다. 땅의 끝이라고 생각된 지점에서 바닷길이 열리듯이 어쩌면 내가 끝이라고 생각했던 지점에서 다른 세계는 수없이 나를 두드렸을 수도 있겠다고 생각했다.

베르나차는 붐볐던 몬테소로와는 달리 작고 매력적인 어촌 마을이다. 몬테소로에서는 관광객들이 태양 아래 누워 일광욕을 즐기거나 수영을 하는 반면 베르나차에서는 호젓하게 낚시를 즐기고 있었다. 골목에 줄지어 있는 아뜰리에의 모습마저 수수하다. 나도 망루에 앉아

지중해의 공기를 들이마시며 꽤 오랜 시간 동안 평화롭게 몸과 마음을 정비했다.

코르닐랴는 5개의 마을 중에 가장 작은 마을임에도 붐비지 않고 참 조용했다. 이곳에 오르려면 365개의 계단을 올라야 하는 탓에 관광객의 사랑을 받지 못하는 듯했다. 항구가 없는 유일한 이 마을은 와인이 유명하다. 계단을 오르는 수고를 보상해주는 훌륭한 와인들이 즐비하다.

마나롤라 마을은 친퀘테레 사진에서 꼭 등장하는 마을이다. 이 마을에 도착하니 포카치아 빵을 굽는 냄새가 코를 스친다. 한적하게 늦은 점심을 이곳에서 해결했다. 해산물 토마토 파스타와 레드 와인 한 잔으로 배를 채웠다.

연착되는 기차를 기다려 마지막 마을 리오마조레로 향했다. 사람들이 가득 마을을 메우고 있었다. 어부가 자기 집을 쉽게 찾기 위해 칠했다는 파스텔톤의 건물을 지나다니며 사람들을 구경했다. 관광객들로 붐비는 모습을 보니 발견된 낙원은 더 이상 낙원이 아니라는 말이 실감이 난다.

피렌체로 돌아가는 기차를 기다리는 동안 오징어 튀김과 맥주 한 잔을 기울이며 친퀘테레 여행을 마무리했다. 절벽을 따라 이어져 있는 작은 마을들을 걷기도 하고 작은 기차를 타고 이동하면서 다섯 개의 닮은 얼굴들을 보는 일은 꽤나 즐거웠다. 비슷한 듯하지만, 각자의 개성을 고이 간직한 마을들. 쉬어가며 상념에 잠기고 바닷바람을 맞으며 몸과 마음마저 쉬어가는 경험을 할 수 있었다는 점이 친퀘테레의 매력이었다.

그녀에게 말하지 못한 이야기

📍 베네치아

밀라노로 가기 위해 열차를 기다렸다. 한 시간 정도 남아 산타루치아역 앞에 앉아 베네치아 첫인상에 정신이 팔린 여행자들을 쳐다보고 있었다. 내 모습도 저랬을까 생각하며 베네치아의 첫인상을 추억하는데 한 여자가 말을 걸었다. 내 옆에 앉은 여자는 사소한 주제로 대화를 시도하더니 시간이 되면 자신의 이야기를 들어줄 수 있겠냐고 물었다. 한 시간 동안 쉬었다가 기차를 탈 생각이었기 때문에 알겠다고 대답했다. 상기된 얼굴로 말을 잇기 시작한다.

그녀는 한 달 전에 친구와 베네치아를 여행했다. 그때 식당에서 우연히 한 남자와 합석을 하게 되었다. 그녀는 그가 내심 맘에 들었다. 좋은 몸을 가진 그는 베네치아에 관해 많은 이야기를 들려주었고, 목소리도 훌륭했다. 세 명이 앉은 테이블 위로는 와인이 천천히 비워지고 있었고 화기애애한 대화가 흘렀다. 그렇게 그들은 와인과 수다를 즐겁게 나눴다. 인사를 나누고 그냥 헤어졌다. 그게 그 남자와의 첫 만남이었다. 여행에서는 분위기에 취해 쉽게 사랑에 빠진다. 항상 그래 왔듯 여행이 끝나면 그 마음도 금방 사라질 거라 생각했다.

독일로 돌아가 일상생활을 하는데 자꾸 그 남자가 생각났다. 그녀는 그의 전화번호도 모르고 SNS 계정도 몰랐다. 연락할 방법이 없었다. 그럼에도 불구하고 그녀는 오로지 그 남자를 찾기 위해서 무작정 베네치아로 왔다. 그녀는 베네치아에서 그를 찾지 못하고 3일을 보내야 했다. 그를 찾는 일을 단념하고 베네치아의 야경을 구경하고 있는 그때, 그를 발견한다. 다리 위에서. 그녀는 다리 위를 걷고 있었고 그는 곤돌라를 젓고 있었다.

알고 보니 그는 곤돌라를 모는 '곤돌리에'였다. 그녀는 그의 곤돌라를 좇아갔다. 그리고 그와 재회했다. 뜨거운 밤을 함께 한 뒤 회사에 전화를 걸어 며칠간 더 휴가를 얻었다. 허락된 시간만큼 그와 함께하다가 독일로 돌아가는 기차를 기다린다.

"곤돌라는 이탈리아어로 '흔들리다'라는 뜻이야. 그럼 곤돌리에는 흔들리게 하는 사람일 테고 직업대로 너의 마음을 흔들었네."

그녀의 이야기에 나의 어설픈 지식자랑을 버무렸다. 형식적으로 대꾸한 걸 눈치챘는지 그녀는 이 이야기가 거짓이 아님을 성토했다. 너무 뻔한 영화 같은 이야기가 자신에게 벌어진 게 놀랍다고 눈을 크게 뜨며 말했다. 한참 동안 자신의 이야기를 쏟아놓더니 내 베네치아 이야기를 궁금해했다.

나는 이곳에 오기 전부터 이 도시와 사랑에 빠졌었다. 그리고 나는 이 도시를 만나는 순간 그녀가 그 사람을 만났을 때와 비슷한 기분을 느꼈다고 말했다. 그녀는 이 도시를 사랑하지 않을 사람이 누가 있겠냐며 고개를 끄덕인다. 형식적인 반응이다. 내가 민망함을 감추려 웃자 그녀는 진심이라며 또다시 눈을 크게 뜬다. 내 이야기는 재미가 없을 거라 판단했는지 시계를 힐끗 보고는 독일로 가는 기차 시간이 다 됐다며 자신의 이야기를 들어줘서 고맙다는 인사를 하고는 자리를 떴다. 나도 베니스 영화제 기간에 맞춰 이곳에 도착한 관광객들을 조금 더 지켜보다가 기차역으로 들어갔다.

그렇게 우리는 각자의 사랑을 내려놓고 각자의 기차를 타고 이 도시를 떠났다.

사실 역 앞에서 한 시간 동안 기차를 기다린 것도 내가 예약한 기차를 놓쳤기 때문이다. 마지막 날까지 난 정신을 못 차리고 이 도시를 눈에 담았다. 수상버스인 바포레토에서 내려 부리나케 뛰었지만 이미 기차는 떠난 뒤였다. 비발디와 카사노바의 도시는 셰익스피어, 나폴레옹, 루소, 헤밍웨이, 니체 등 수많은 사람들의 사랑을 받아왔다.

나도 이 도시에 정신을 뺏긴 채로 여행했었다. 다음 기차를 기다리는 시간 동안 또 이곳에 정신이 팔릴까 두려워 그냥 가만히 앉아 있던 참이었다. 비발디의 협주곡이 탄생했고, 카날레토가 그린 작품이 있고, 카사노바의 예술적 사랑의 고향이다. 17세기까지 자유롭게 책을 출판할 수 있는 유럽의 유일한 도시였다. 사랑과 예술 그리고 자유가 있는 이곳이 어찌 매력적이지 않을 수가 있을까?

이곳에 도착한 순간부터 나는 무언가에 홀린 사람처럼 도시 곳곳을 누볐다. 눈이 아프도록 도시를 바라보았다. 비발디의 생가 근처에 숙소를 잡고 여행을 시작했다. 숙소 옆 산마르코 광장에 내가 발을 디딘 사실이 믿기지 않았다. 뭘 할지 몰라 일단 빙글빙글 돌았다. 그러다가 마치 베네치아의 상징인 날개 달린 사자가 된 듯 뛰어다녔다.

오스트리아 시인 프란츠 그릴파르처는 산마르코 광장을 보고도 심장박동이 빨라지지 않는다면 죽은 심장이라고 말했다. 나는 두 개의 심장을 가진 것처럼 산마르코 성당을 돌아다녔다. 두카레 궁전, 산마르코 대성당에 가고 종탑에도 올랐다. 나폴레옹, 괴테, 바이런, 헤밍웨이가 자주 찾았던 카페 플로리안에서 핫초콜렛을 마시며 카페에 앉아 아름다운 여인들을 탐색했던 카사노바를 상상했다. 카사노바가 재판관의 애인을 꼬셔 수감될 때 건넜다던 탄식의 다리를 지났다. 여인을 사랑하지만 여인보다 자유를 더 사랑한다는 카사노바의 자유의지를 본받아 물고기를 닮은 베네치아를 자유롭게 돌아다니기 시작했다. 이탈리아어로 '산책'은 '파세지아타Passeggiata'다. 파세지아타가 베네치아를 여행하는 가장 좋은 방법일 테다.

리얄토 다리에 새로운 소식은 없었다. 보수공사 중이었고 광고판에 새겨진 마른 여자가 나를 무섭게 쳐다보고 있었다. 그래도 좋았다. 베네치아를 배경으로 『베니스의 상인』과 『오셀로』를 쓴 셰익스피어가 진짜 이곳에 와본 적이 있는지, 고려시대 개성상인이 정말 이곳에 왔었는지는 나에게 중요하지 않았다. 논쟁을 뛰어넘어 가슴 뛰게 하는 무엇인가가 도시에 자리 잡고 있었다. 수상 도시를 연결하는 409개의 다리 중 절반 이상을 건너다닌 듯하다. 여러 개의 섬이 모인 베네치아에서는 어느 섬도 자신의 우위를 자랑하지 않는다. 서로가 서로를 보완하고 협력함으로 이 아름다운 하나의 도시를 탄생시켰다. 다양성과 조화가 어우러져 도시를 예술로 승화시켰다.

난생처음, 미슐랭 가이드에서 별을 받은 레스토랑도 갔다. 웨이터가 세계 최고라고 자부하는 오징어 먹물 파스타를 먹었다. 산 조르조 마조레 성당에 올라 산마르코 광장과 베네치아를 바라보았고, 고전 미술에 질려가던 차에 구겐하임 미술관까지 들러 현대미술을 감상했다. 도시 한가운데를 S자형으로 흐르는 대운하를 바포레토를 타고 다니기도 하고 걸어서 돌아다니기도 했다. 돌아다니면서 건물에 문만 있으면 죄다 기웃거렸고 들어갈 수 있으면 들어갔다. 무라노 섬에서 유리공예를 구경하고 부라노 섬에서 아이유처럼 파스텔 톤의 건물들을 돌아다녔다. 베니스 영화제가 열리는 리도 섬에서는 자전거를 타고 한 바퀴 돌며 오랜만에 보는 자동차들을 구경하다 해변가에서 사랑을 나누는 연인들 틈에서 맥주를 마셨다. 낯선 떠돌이 고양이와 함께 붉은 석양에 물들어가는 베네치아를 바라보며 아름다운 음악 선율에 몸을 맡겨보기도 했다.

베네치아에서 해볼 수 있는 일은 모조리 시도했다. 물론 못한 것도 있긴 하다. 곤돌라는 사랑하는 사람과 오면 타려 아껴두었고, 가면축제는 2월에 열리기에 참가를 못 했다. 찰리 채플린, 어니스트 헤밍웨이, 페기 구겐하임의 단골 식당인 해리스 바에도 갔다. 유명한 날고기 음식인 카르파초는 먹지 못했다. 주머니 사정이 여의치 않았다. 영국의 시인 바이런은 베네치아에 머무는 1년 동안 200여 명의 여자와 잠자리를 가졌다고 고백했지만 나는 고작 일주일을 머물렀기 때문에 육체적 사랑은 틈탈 새가 없었다. 예술에 관해서는 아는 게 없어서 일까? 영화 〈베니스에서의 죽음〉의 아센바하처럼 타치오를 만나지 못했다. 베니스 영화제는 내가 이곳을 떠나는 날 열리기 시작했다. 내가 핑계를 쓸데없이 나열하는 이유는 이곳에 아쉬움이 없다는 점을 강조하기 위해서다. 하지만 신기한 점은 언젠가 다시 이곳을 꼭 오리라는 생각을 멈출 수 없다는 것이다. 일일이 열거하기도 버거운 일정을 소화할 수 있었던 이유도 베네치아가 가진 매력 덕분이다. 나도 이 도시를 영화처럼 때로는 오페라처럼 여행했다.

이게 내가 그녀에게 말하지 못했던 이야기다.

여행에도 사춘기가 있다면 지금, 하필 이곳에서

📍 밀라노

약 세 시간을 달려 밀라노 중앙역에 도착했다. 중앙역 자체가 밀라노의 부富를 자랑하는 듯했다. 웅장하고 아름다운 역에 있으니 또 전혀 다른 나라에 온 듯한 기분이다. 숙소에 짐을 풀고 밀라노 대성당으로 향했다. 이탈리아 변방의 오랑캐에 불과했던 고트족이 가져온 천박한 문화라는 뜻의 '고딕 양식'이 또 다른 위용을 자랑한다.

어린 시절 우연히 오래된 흑백 엽서를 주운 적이 있다. 그 당시 외국은 나에게 달나라처럼 멀게만 느껴지는 단어였다. 나는 한동안 흑백 사진 속 이국적인 건물에 매료되어 보물처럼 엽서를 보관한 적이 있다. 한참 시간이 지난 후에야 나는 알게 되었다. 그 엽서 속의 사진은 바로 밀라노 대성당이었다. 바티칸의 산 피에트로, 런던의 세인

트 폴, 독일 쾰른 대성당에 이어 세계 4번째 크기인 이 성당은 짓는데 500년 가까이 걸렸다. 단일 창으로는 가장 크다는 스테인드글라스가 정문에서 나를 반긴다. 3,159개의 조각들이 있는 대성당 지붕에 올라 밀라노의 모습을 감상했다. 첨탑 사이로 지는 태양의 모습이 내가 밀라노에서 가슴 뛰었던 유일한 장면일 줄은 당시에는 꿈에도 몰랐다.

나는 밀라노에 대한 환상이 있었다. 밀라노는 이탈리아의 경제, 문화의 중심지라는 것만으로도 많은 사람들 입에 오르내린다. 인구 200만 정도 되는 이 도시는 이탈리아 GDP의 10%를 차지하고 있으며, 이탈리아가 거둬들이는 세금의 30%를 담당한다. 대구광역시만 한 도시에 도서관이 약 250개, 영화관도 250개, 미술관은 약 100개, 극장이 약 80개 정도 있다. 밀라노의 축구팀인 AC밀란과 인터밀란은 세계적인 명문이다.

GQ, VOGUE에서 볼 수 있는 모델 같은 사람들이 거리를 활보한다. 펑퍼짐한 검은 양복에 흰 셔츠를 입은 사람은 한 명도 없다. 다양한 색상의 정장을 입은 사람들의 출근길 모습이 마치 패션쇼 런웨이 같다. 여의도나 테헤란로와는 정말 다른 느낌이다. 밀라노의 매장에서는 흔하디흔한 "SALE"이라는 단어를 찾기 힘들다. "LUXURY", 심지어 "EXPENSIVE 비싸다"라는 문구가 걸려있기도 하다. 밀라노에 관한 수많은 이미지들이 눈앞에 현실이 되어 나타났다. 그러나 막상 눈에 들어오지 않았다. 패션모델 같은 사람들의 모습 대신 아프리카 이민자들이 관광객을 대상으로 시비를 걸듯 싸구려 팔찌를 강매하고 있는 장면, 짝퉁 명품 가방을 길거리에 늘어놓고 파는 모습들만 눈에 자꾸 걸렸다. 알 수 없는 불쾌감이 밀라노 여행을 잠식하고 있었다.

와보고 싶었던 브레라 미술관을 심드렁하게 구경했다. 브레라 미술

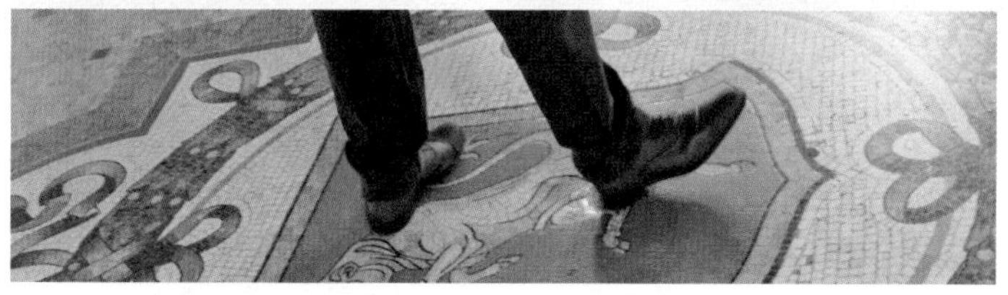

관 1층에 위치한 브레라 미술대학에서 각자의 프로젝트에 몰두해 있는 대학생의 모습도 그다지 흥미를 끌지 못했다. 음악인들에게는 꿈의 무대라고 불리는 스칼라 극장에서 공연을 보고 싶은 마음도 없었다. 라파엘로의 스케치가 전시되어 있는 암브로시아나 미술관에서는 라파엘로는 죽을 때가 되어서야 자신만의 화풍을 완성한 사람이라며 폄하하는 시선으로 관람했으며, 일리아드와 단테의 신곡의 초판본에도 큰 관심이 가지 않았다. 레오나르도 다빈치의 「최후의 만찬」이 있는 산타마리아 델레 그라치에 성당은 이미 두 달 전에 예약이 꽉 차 볼 수도 없었다. 이런 기분이라면 오히려 못 본 게 다행이라고 생각될 정도였다. 레오나르도 다빈치가 수첩에 해야 할 일을 적어놓은 목록을 보면 15개 중 8개가 누군가에게 조언을 구하는 일이라고 했다. 나도 누군가에게 조언을 구해야 할 판국이었다.

대신 스포르체스코 성으로 갔다. 미켈란젤로가 죽기 3일 전까지 작업했다는 미완의 작품 '론다니니의 피에타'를 보았다. 미켈란젤로의 마지막 작품이라는 걸 몰랐다면 그냥 지나쳤을 정도로 나에게는 미적 안목이 없었다. 이탈리아에서 가장 규모가 큰 백화점인 라 리나센테도 밥을 먹기 위해 들어갔을 뿐 별다른 느낌이 없었다. 이 백화점 바닥에 있는 황소 중앙에 난 구멍을 밟은 채로 한 번에 한 바퀴 돌면 소원이 이루어진다는 속설이 있다. 하필 그 중앙에는 황소의 성기가 있다. 웃으면서 황소 불알을 짓밟고 짓이겨버리는 백화점 고객들의 잔인함을 타박하는 고약한 기분만 들었다. 백화점 주변에서 드라마를 촬영하는 모습도 거리의 악사들의 연주도 잠시의 호기심만 자아낼 뿐 큰 관심은 가지 않았다. 밀라노 시내를 잠시 벗어나서 마음을 다잡아 보고자 밀라노 EXPO를 찾았다. 외국에서 열리는 EXPO에 참석한 건 이번이 처음이었다. 박람회장에서 세계 각국의 음식을 맛보고 기념품 여권에 나라별 도장을 모으며 부지런히 다녔지만, 열정도 그때뿐이었다.

여행의 온도가 급격히 냉랭해졌다. 옷을 잘 갖춰 입은 밀라노 사람들의 표정처럼 내 마음도 차갑고 쌀쌀맞다. 얼어붙은 마음은 단단하고 차가워 어떤 것도 스며들지 못했다. 거리를 부지런히 걸으며 나를 어르고 달래야 했다. 내가 그간 세상을 고깝게 보느라 놓쳐버린 수많은 것들이 생각났다. 독단과 편견이 가득 찬 시선은 나를 눈뜬장님으로 만들곤 했다. 놓쳐서는 안 될 것들을 무심히 지나쳐 후회의 씨앗으로 만드는 실수를 반복할까 봐 두려웠다. 우는 아이 달래듯 나는 나 자신을 타이르며 그렇게 짜증과 근심 사이 어딘가에서 밀라노를 서성였다.

차분함이 때론 열정을 일으킨다

코모

밀라노에서 관광객들은 아울렛으로 가고, 쇼핑을 좋아하는 사람들은 명품거리인 몬테나폴레오네, 산타드레아, 델라 스피가 거리가 있는 패션 골든 트라이앵글로 간다. 패션을 아는 사람들은 코모대로로 간다. 패션을 모르는 나도 괜히 코모대로 10번지인 10 Corso Como를 가려는 계획이 있었다.

하지만 밀라노에서 큰 감흥을 못 느낀 나는 대신 이름이 똑같은 코모 호수로 향했다. 사실 아시시를 동행했던 모녀 여행자와 코모를 같이 가려 했었지만 내가 베네치아에서 예약한 기차를 놓치는 바람에 함께할 수 없었다. 같이 여행해도 좋았겠지만 이런 멜랑꼴리한 기분이라면 혼자라서 차라리 다행이라는 생각을 하며 코모 호수에 도착했다.

코모 호수는 이탈리아에서 가장 넓은 호수는 아니지만, 수심이 400m가 넘는 가장 깊은 호수다. 이곳은 〈카지노 로얄〉, 〈오션스 트웰브〉등 여러 할리우드 영화의 촬영지였고, 조지 클루니, 마돈나, 실베스터 스텔론 등 유명 배우들의 별장이 자리하고 있다. 카부르 광장을 지나 유람선을 타고 호수를 짧게 한 바퀴 돌았다. 벨라지오까지 가보려 했지만 깊은 호수와 아름다운 정원이 있는 집들만 바라봐도 좋겠다는 생각에 가장 짧은 구간의 페리를 골랐다.

잔잔한 호수를 바라보며 마음에 요동치는 파도를 달래고 싶었다. 마음에 드는 마을에 내려 커피를 마시며 평온한 호수를 바라보기도 하고 한가롭게 산책하기도 했다. 호수의 부드러운 물결이 일렁이는 광경을 바라보고 있으니 마음에도 평화가 차분히 내려앉는 듯한 기분이 든다. 사실 남의 별장과 휴양지를 구경해서 뭐하나 하는 회의감도 있었다. 그럼에도 호수는 나의 의심을 잔잔히 달래주었다. 차분해진 마음은 다시 여행의 열정을 불러일으켰다. 등산열차인 푸니콜라레를 타고 호수의 전경을 내려다볼까 하다가 충동적으로 다른 호수로 발걸음을 옮겼다.

마음에 호수 그리기

스위스 루가노

충동적으로 다른 도시가 아닌 다른 나라에 도착했다. 스위스.

영화와 여행을 즐겼던 내게 각각의 아킬레스건이 있었다. 영화는 〈스타워즈〉, 여행은 스위스다. 본 척, 갔다 온 척까지는 하지 않았지만 내가 보지 못한 걸 알면 내 취미생활에는 많은 의심이 쏟아졌다. 물론 스위스는 융프라우가 아니면 의미가 없다고들 했지만 그래도 이 땅을 한번 밟아보고 싶었다. 파시즘 독재자 무솔리니가 이곳으로 도망치려 했지만 결국 붙잡혀 부인과 함께 밀라노에서 처형됐다. 절대 권력의 독재자는 이 나라에 오지 못했지만 나는 매우 손쉽게 이곳에 도착할 수 있었다.

기차에서 만난 일본인 J와 함께 루가노를 둘러보기로 했다. 시내에는 고급 상점들이 줄지어 서 있었다. 나는 스위스 국기를 마주칠 때마다 스위스임을 깨달았지만, J는 스위스 같지 않고 이탈리아 같다며 시내 풍경에 놀라고 있었다. 하긴 내가 사진으로 보았던 스위스의 목가적이고 단아한 분위기가 아니었다. 이탈리아 북부처럼 세련되고 단정한 모습이었다. 거리에는 이탈리아어로 이야기하는 사람도 꽤 많았다.

루가노 호수에는 간드리아, 모르코테 같은 아늑한 어촌마을이 있다. 어촌마을로 가는 뱃삯을 알아보다 결국 룬골라고 산책로만 걸었다. 호수 주변에는 꽃이 피어 있었고 잔디밭에는 젊은이들이 모여 한

가로이 시간을 보내고 있었다. 호수에는 백조와 사람들이 어울려 수영을 즐기고 있었다. 어쩌면 흔한 모습이라 생각할 수도 있지만 꽤나 인상 깊었다. 이들은 휴가를 즐기러 온 사람들이 아닌 일상을 즐기는 사람들이었다. 평일 낮에 모여서 한가롭게 노는 모습이 스위스 사람들 특유의 여유를 뿜어내고 있었다. 개를 데리고 산책하는 사람, 유모차를 끌고 나온 가족들 가운데 카메라를 든 사람은 동양인 우리 둘뿐이었다. 그리고 이 마을에 대해 아무것도 모르는 사람도 우리 둘뿐인 듯했다. 스위스 같은 풍경이었다. 스위스 같은 풍경이라. 스위스 같은.

'~같다, ~답다, ~스럽다.' 어쩌면 이런 표현이 내 여행을 망치고 있는 건 아닐까? 하는 생각이 머리를 스친다. 내가 원하는 풍경, 내가 보고자 했던 모습들. 그와 다른 여행의 민낯. 그리고 알 수 없는 실망과 상실감. 섣부른 예단과 현실과의 괴리에 나는 우왕좌왕하다가 결국 실망이라는 섣부른 결론을 내리고 있었는지도 모른다.

섣부른 감상 대신 그냥 여유롭게 이 호수 주변을 거닐었다. 그리고 각자의 속도에 맞춰 걷다가 J와도 자연스럽게 헤어졌다. 이탈리아를 잠시 벗어나니 이탈리아 여행이 눈앞에 그려지기 시작했다. 이탈리아 도시에 매료되어 정신없이 쏘다녔던 내가 보인다. 휴양지는 나와 맞지 않는다고 생각해 휴양지를 기피했던 모습도 보인다. 무언가를 얻으려 고군분투하는 모습을 잠시 내려놓고 마음의 평화를 되찾는 작업이 여행의 본질임에도 나는 일상의 행동들을 여행에 그대로 옮겨놓고 있었을 뿐 여유를 누리지 못했었다. 고요하고 은은한 호수를 바라보며 흔들리고 요동치는 내 마음에 묵직하고 잔잔한 호수 하나를 그려 넣었다.

니스

- 여행에 관한 시시한 고찰과 참견

니스에서 마지막 밤, 2층 침대에 조심히 올라가 몸을 뉘었다. 10명이 쓰는 방에서 6인용 방으로 업그레이드되었지만 10인용 객실이 차라리 더 편했다. 6명이 꽉 차 있는 데다가 침대가 너무 삐걱거렸다. 1층에는 몸이 불편한 60대의 영국 여성인 E가 잠을 청하고 있었다. 나의 조심스러운 움직임이 무색하게 같이 방을 쓰는 4명의 네덜란드 청년들이 객실로 들이닥친다. 우리 둘을 부르더니 오늘 산 기념품을 늘어놓고 자랑을 시작한다. 구시가지에 있는 살레야 광장 벼룩시장에서 니스의 기념품들을 운 좋게 싸게 샀다고 전리품을 자랑하는 병사처럼 뿌듯한 표정을 드러냈다.

2층 침대에서 내려다보니 기념품보다는 태양에 그을려 갈색빛이 나는 두 명과 햇볕에 타서 빨갛게 익은 두 피부의 색상 대립이 눈에 들어온다. 영혼 없는 대꾸에도 아랑곳하지 않고 코트다쥐르의 물건들을 늘어놓았다. 서로의 물건들을 비교하며 자랑하더니 강한 믿음을 드러내듯 기념품들을 바닥에 내팽개친 상태 그대로 두고는 펍으로 뛰쳐나갔다.

E는 자기 자식들도 그러는지 대수롭지 않게 바닥에 놓인 그들의 물건을 주섬주섬 주우며 정리하기 시작했다. 몸이 불편한 E를 돕고자 나도 기분 나쁜 소리를 내는 침대 아래로 내려갔다. 같이 기념품을 챙기는데 E가 묻는다.

"Joe필자의 영어이름! 너는 니스에서 무얼 얻었니?"

"Nice Time in Nice Time나이스 타임 인 니스 타임: 니스에서 좋은 시간이요."

화상으로 부풀어 오른 E의 얼굴에 주름이 생길 정도로 활짝 웃는다. 영어권 국가 사람들은 촌스러운 언어유희를 참 좋아한다. 기념품들을 다시 담은 봉지를 옆 침대 위에 올려놓고 나니 그녀의 대답이 더욱 궁금했다. E는 아침에 가장 먼저 일어나 간단한 식사를 하고 큰 비치타월을 챙겨 불편한 몸을 이끌고 절룩이며 매일같이 니스 해변으로 나가곤 했다.

"E, 당신은 니스에서 무엇을 얻고 있나요?"

"잘 모르겠어. 다른 사람들은 여행에서 무엇을 얻는지 궁금했어. 그래서 난 돈이 있음에도 여행할 때는 주로 혼자 있는 호텔방보다는 이런 도미토리에서 지내곤 해. 이런 기념품 같은 물질적인 것을 이야기하는 게 아니야. 여행에서 무엇을 느끼느냐가 중요하지. 그래서 젊었을 때는 여행에서 무언가를 느끼기 위해 많은 돈을 써왔어. 영혼의 무언가를 얻고자 했지. 여행을 통해 좀 더 나은 내가 되고 싶었어.

그런데 돌이켜 보면 항상 공허했어. 지금도 그래. 가만히 누워 있어도 되는데 니스에 왔으니 밖에 나가야 한다는 강박에 사로잡혀 매일 힘들게 해변으로 나갔어. 그러고선 숙소에 돌아오면 침대에 누워 하루를 후회하곤 했어. 젊은 너는 이곳에서 무엇을 얻어가나 궁금했어. 생뚱맞은 질문해서 미안해. 안 그러려고 노력하는데 버릇처럼 튀어나오네."

나도 같은 고민을 했었고, 같은 문제에 항상 봉착해 왔다. 내가 여행하며 고민했던 생각들을 바닥에 기념품처럼 늘어놓았다.

"아닙니다. 저도 그래요. 지금보다 어렸을 때는 여행이 대단한 거라 생각했었죠. 멋있게 여행하는 사람들의 사진과 이야기를 접할 때면 괜한 부러움이 생기곤 했어요. 나는 왜 저렇게 여행하지 못할까, 자괴감에 빠지기도 했죠. 근데 여행을 하다 보니 여행은 무언가를 다른 곳에서 얻어오는 일이기도 하지만 다른 곳에 무언가를 내려놓고 오는 일이기도 한 것 같아요. 사실 제가 아무것도 얻지 못하는 이유는 무엇을 바라는지 잘 모르기 때문인 것 같아요. 여행을 하다 보면 다양한 욕망이 만나고 융화되고 또 충돌하기 마련인데 저는 제 자신이 진정으로 원하는 게 무엇인지 사실 잘 몰랐어요. 욕망의 실체를 모르니 여행도 그저 그렇게 흘러가는 거라 생각해요.

사실 단순한 욕망만 가지고 여행을 한다면 만족스러운 여행을 하기는 참 쉬워요. '무엇을 보겠다. 아름다운 사진을 찍겠다. 무엇을 하겠다'고 정한 여행은 어렵지 않아요. 돈과 시간 그리고 약간의 노력만 있으면 되죠. 그런 여행은 뿌듯하고 주위 사람들의 부러움도 받죠. 그런데 막상 그곳에 도착하면 제가 몰랐던 지역과 활동을 알게 되고 다시 계획을 세우다 보면 일정이 꼬이기 시작해요. 우왕좌왕하다가 아무것도 하지 못하는 때도 있어요. 이런 여행이 반복되다 보면 허무하다는 느낌이 들어요. 제가 그랬어요. 사람들은 부럽다, 멋있다 말해주는데 현실 속 내 모습은 그렇지 않으니깐.

내가 진정 원하는 여행을 하지 못했던 건 결국 내가 진정 원하는 게 뭔지 모르기 때문이었어요. 많은 여행자들이 여행에 관한 이야기를 자랑스럽게 늘어놓지만, 실제 그 만족감은 오래가지 못하더라고요. 그러다가 보면 자신만의 여행을 고민하기 시작해요. 그럴 때는 더 깊은 고민을 만나게 되요. 욕망을 마주하려면 그릇된 욕망, 자신의 욕망인 척하는 가짜 욕망을 걸러내야 해요. 진짜 내 욕망과 가짜 욕망을 구분하는 작업을 하다 보면 '무엇을 버려야 하나? 무엇을 내려놓아야 하나?' 고민하게 되요. 그러면 또 더 큰 문제에 부딪히죠. 무엇을 욕망하기는 쉬워도 무언가를 내려놓는 일은 참 어려워요.

고민 끝에 내려놓을 것들을 어렵게 정해도 또 막상 어떻게 내려놓아야 할지 몰라요. 이번에 저는 시시한 여행을 하려고 해요. 남들 보기에는 시시하고 재미없어도 나에게 어떤 사소한 의미라도 있다면 상관하지 않기로 했어요. 물론 그렇다고 제가 잘 내려놓고 욕심 없이 여행을 하고 있다는 건 아니에요. 니스에 오기 전, 이탈리아에서 무언가를 얻어야 한다는 강박관념에 빠져 제 자신을 많이 괴롭혔던 것 같아요. 많이 지쳤고, 때문에 슬럼프도 찾아왔죠. 그래서 프로방스에 왔어요. 그냥 쉬러. 그럼에도 불구하고 결국 니스에서도 참 부지런히 다녔던 것 같네요. 어쩌겠어요. 이게 '나'고, 내 여행이라면 받아들여야지."

그녀는 내가 '내려놓다'라고 말한 부분에 큰 의미를 두는 듯했다.

"내려놓다. 내려놓다."를 입으로 계속 되뇌었다.

"내려놓다라는 개념은 동양철학이니?"

"아니요. 저는 동양인이지만 동양철학은 잘 몰라요. 그냥 Philo'joe'phy조의 철학, 필로소피를 필로조피로 바꾼 말장난 정도 된다고 하죠."

그녀는 다시 웃는다. 어설픈 말장난이 민망해 나도 같이 어색하게 웃을 수밖에 없었다. 그녀와 한참 대화를 이어나갔다. 글을 쓰는 일도, 사진을 찍는 일도 무엇을 담고 있느냐는 결국 '무엇을 뺐느냐'라는 문제와 결부되어있다. 많은 정보와 대상들 가운데 무엇에 집중하고 무엇을 내려놓느냐가 그 내실을 결정한다. 삶도 어쩌면 그럴지도 모른다는 동의하에 많은 이야기를 나눴다.

'+'를 강요하는 세상에서 '−'를 고민하는 일이란 참으로 고단하다.

욕심을 채우기 위해 여행을 하는 사람도 있다. 자랑하기 위해서, 멋진 사진들을 칭찬받기 위해서, 남들에게 부러움을 사기 위해서. 모양은 다양해도 결국 욕망이다. 욕망을 비난하고자 하는 말이 아니다. 삶은 곧 욕망이고 여행도 어차피 욕망이 주도한다. 하지만 어떤 욕망이 주도하느냐가 삶과 여행의 모습을 결정한다.

그녀의 이번 여행에는 세속적인 욕망이 아닌 가슴 아픈 사연이 자리 잡고 있었다. 그녀는 젊었을 때부터 여행을 참 좋아했다. 여행 중에 한 남자를 만나게 되었고 결혼까지 했다. 남편과 오랜만에 둘만의 여행을 떠났다. 아이 셋은 모두 성인이 되었고 손주들도 꽤 자랐다. 덕분에 좀 길게 여행을 떠날 수 있었다. 가혹하게도 여행 중 불의의 교통사고로 남편을 잃었고 자신은 장애인이 되었다.

그때부터 한동안 여행을 하지 못했다. 슬픔의 시간이 아프게 흘렀고, 힘들게 어느 정도 회복한 뒤에야 다시 여행을 떠나기 시작했다. 여행에서 인생의 큰 부분을 상실한 탓에 무언가를 얻고자 하는 보상 심리가 그녀를 자꾸 괴롭혔다. 여행에서 남들보다 더 많은 것을 얻고자 욕심을 부렸다. 그러지 말자고 다짐해도 지울 수 없는 상처는 실수를 반복하게 만들었다. 이 여행에서 그녀는 바닷가에 누워 생각을 정리하려 했다. 하지만 이번 여행도 그러지 못할까 봐 상당히 두려워하는 듯했다.

긴 대화를 마치고 다시 침대에 누웠다. 나는 이곳에서 무엇을 얻었는지 다시 고민했다. 내 상처는 또 어떤 실수를 유발하고 있을까? 그렇게 코트다쥐르의 마지막 밤을 뒤척였다. 이번 내 여행은 움직이는 여행이다. 머무는 여행은 이번에는 하지 않을 계획이었다. 오늘이 니스의 마지막 날이 된 이유도 니스가 익숙해졌기 때문이다. 숙소와 시장, 단골이 된 레스토랑을 잇는 일정한 동선이 생기기 시작하면 도시를 떠날 때가 되었다는 신호다.

나는 산책로인 '프롬나드 데 장글레'를 따라 니스해변을 걸었으며 조깅하는 사람들을 피해가며 해수욕을 즐기는 사람들을 구경했다. 아침 일찍 일어나 구시가지의 쿠르 살레야 광장에서 피어오는 꽃향기를 맡으며 브런치를 먹는 일을 사랑했다. 콜린성 공원에 올라 니스의 풍광을 만끽하며 엘튼 존과 숀 코넬리의 별장도 멀리서 바라봤다. 샤갈, 마티스의 흔적을 더듬어 보기도 했다. 모나코로 넘어가 몬테카를로 카지노에서 블랙잭으로 하루마다 딱 50유로씩 벌고 돌아왔다. 사람들이 잘 모르는 해변을 추천받아 현지인들 사이에서 일광욕도 하고 한가롭게 수영도 했다. 깐느 종려나무에 들뜬 마음을 걸어 놓고 깐느 영화제가 열리는 뤼미에르 극장에서 레드 카펫도 밟아보았다. 이 중 대부분이 하나의 루틴이 되어 매일매일 반복되곤 했었다.

그간의 여정을 마음속으로 더듬고 있는데 E가 나에게 다시 말을 건다.

"자니? 너 매트리스에 무슨 무늬가 그려져 있는지 알아?"

"모르지요. 나는 시트가 감싼 매트리스 위에 있으니까요."

"붉은 꽃이 그려져 있어. 참 촌스러워. 불가사리같아."

침대 밑으로 허리를 숙여 아슬아슬한 자세로 내 매트리스의 아랫면을 쳐다봤다. 그렇게 잠깐, 관심 있는 척하는 호의와 동의한다는 표시를 보이고 다시 굉음을 내는 침대에 누웠다.

서 있는 곳이 다르면 보이는 것도 다르다. 니스 해변에 누워 바다를 바라보면 바다가 얇게 보이지만 콜린성 꼭대기에 올라가 바다를 내려다보면 같은 바다가 두껍게 보인다. 여기에 여행의 의미가 있지 않을까 생각했다. 다른 시선을 갖게 되는 일. 다른 시선으로 익숙한 것을 새롭게 바라보게 되는 경험을 하는 게 여행이 주는 선물이다. 여행을 마치고 돌아가 일상을 재해석하고 새로운 의미를 발견하기 위해 여행을 하기도 한다. 다른 세계를 경험하며 나의 세계를 재정립하기 위해 여행을 떠난다. 나무를 보지 말고 숲을 보라 하지만 숲 안에서는 나무만 보인다. 숲을 떠나야 비로소 숲이 보인다.

여행을 하면서 여행을 고민하는 일은 어찌 보면 한심하다. 즐기지 못하고 상념에 빠져 조바심에 근심을 더하는 일이 답답하기도 하다. 하지만 우리가 삶을 살아가며 때론 삶을 성찰하고 돌이켜보듯, 여행에도 이런 점검의 시간은 필요하다. 네덜란드 친구들이 돌아와 술 냄새를 풍기며 코 골기 시작할 때까지 나는 생각의 파도를 넘나드느라 잠 못 드는 밤을 보냈다.

"여행과 병은 자기 자신을 반성하게 한다는 공통점이 있다."

– 다케우치 히토시

TGV 1등석이 이어준 기억들

아비뇽으로 떠나기 위해 기차에 올랐다. 내가 예약한 열차는 프랑스 고속열차인 TGV다. 게다가 내 자리는 1등석이다. 내 여행 경로에 유레일패스는 필요치 않았다. 유레일패스를 이용하는 것보다 항상 그때그때 기차표를 사는 게 훨씬 더 저렴했다. 유레일패스가 꼭 필요하다는 무능한 여행 컨설턴트에게 속아 넘어간 덕분에 TGV 1등석에 앉아 여행하는 특권을 누렸다. 나에게 유레일패스의 장점을 열거하며 미소 짓던 얼굴을 떠올리면 주먹에 불끈 힘이 들어가곤 했다. 그래도 내가 언제 TGV 1등석에 타 볼 기회가 있을까 분노를 추스르며 긍정적인 마음으로 여행하기로 했다.

1등석 칸에는 사람이 없었다. 자리를 찾아 앉았다. 열차 출발시간을 확인하고 있는데 한 중년의 남성이 들어온다. 벙거지 모자를 쓰고 통이 큰 하얀 셔츠 아래 알록달록한 하와이안 반바지를 입고 있었다. 좌석 번호를 찾으며 두리번대더니 나에게 말을 건다.

프랑스어라 알아듣지 못했다. 그는 좌석 번호가 쓰여 있는 창문 위를 가리켰다. 어리둥절해 하는 내 얼굴을 보고서는 한숨을 쉬며 내 맞은편 자리에 앉았다. 그러더니 또 말을 건다.

나는 "Je ne peux pas parler le français. 주 느 쁘 빠 빠흘레 르 프랑새. 나는 프랑스어를 잘 못합니다"라고 대답했다. 입을 삐죽거리더니 내 무릎에 자신의 무릎을 부딪친다. 이렇게 자리가 많은데 왜 이 촌스러운 남자는 내 앞에 앉았을까? 신경이 쓰였다.

차장이 1등석에 들어오고 표 검사를 시작했다. 프랑스 남자는 내가 차장에게 돌려받은 표를 빼앗았다. 그러더니 무언가를 확인한다. 내 좌석번호를 확인하는 걸 보니 아마 아까 나에게 내 자리가 맞는지 물어본 듯했다. 한 칸에 두 명이 탔는데 자리를 붙여주는 프랑스의 업무처리 능력이 경이롭다. 내 자리에 대한 궁금증을 해결하더니 가방에서 샌드위치를 꺼내 먹기 시작한다. 나에게 또 말을 붙인다.

어쩔 수 없이 "Je ne peux pas parler le français. 주 느 쁘 빠 빠흘레 르 프랑새. 나는 프랑스어를 잘 못합니다"라고 다시 말했다. 그래도 상관하지 않고 또 뭐라 말을 건다. 이번에는 최대한 입에 공기를 머금은 채 프랑스인들이 말하는 대로 공기반 소리반 발음을 흉내 내며 말했다.

"Je ne peux pas parler le français. 중 능 뿡 빵 빵흘렝 르 뿌랑쉥."

나에게 듣지 말았어야 할 이야기를 들은 것처럼 인상을 찡그린다. 그러더니 다시 말을 건다. 이번에는 또박또박 대답했다.

"Je! ne! peux! pas! parler! le! français! 주! 느! 쁘! 빠! 빠흘레! 르! 프랑새!" 또다시 인상을 찌푸린다. 그는 찡그린 입으로 샌드위치를 먹기 시작했다. 그 남자는 샌드위치가 잘 씹힌다는 것을 자랑하고 싶은 건지 아니면 악관절에 무슨 문제가 있는 건지 입을 크게 벌리면서 쩝쩝거리는 불쾌한 소리를 냈다. 인도 기차의 3등석이었으면 쩝쩝대는 소리가 들리지 않았겠지만, TGV 1등석은 너무나도 조용했다. 상당히 귀에 거슬렸다.

창밖을 보던 그는 갑자기 웃음을 터트린다. 샌드위치 파편이 사방으로 튀었고 입안에 음식물이 모두 보이기 시작했다. 프랑스인들은 음식을 우아하게 먹는다고 들었는데 이 남자는 예외인 듯했다. 아니면 내가 가진 거짓 편견일 수도 있다. 이미 촌스러운 옷차림에서부터 내가 생각하는 프랑스인의 모습과는 거리가 멀었다.

갑자기 나를 가리킨다. 그러더니 "Je ne peux pas parler le français. 주 느 쁘 빠 빠흘레 르 프랑새. 나는 프랑스어를 잘 못합니다"라고 이야기한 거냐며 배를 잡고 웃는다. 음식을 입에 가득 넣은 채로 말을 하니 치즈와 토마토 그리고 바게트 파편이 다시 튀기 시작한다. 이제야 아까 내가 한 말을 이해한 듯했다. 입안에 가득 찬 음식물을 조금 삼키더니 나에게 자신을 따라 해보라며 "Je ne peux pas parler le français. 주 느 쁘 빠 빠흘레 르 프랑새. 나는 프랑스어를 잘 못합니다"를 가르쳐준다. 잘게 씹혀 기분 나쁜 형태로 뭉쳐진 입 안의 샌드위치를 그만 보기 위해서라도 한 번에 끝내야 했다. 아니면 "닥쳐!"라는 말이 프랑스어로 무엇이었는지 생각해내야 했다.

하지만 나는 그의 음식물이 식도로 다 넘어갈 때까지 한동안 그의 입 안을 쳐다보며 프랑스어 수업을 들어야 했다.

혼자 떠들다 지쳤는지 잠시 침묵이 찾아왔다. 큰 기차 창문을 바라보는데 그의 입안에서 튄 햄 조각이 창문에 붙어 있다. 아름다운 풍경에 역겨운 작은 점 하나가 너무나도 거슬렸다. 그냥 눈을 감았다. 이 작은 공간에 불쾌한 시간이 매개가 되어 잊고 있었던 작은 기억 하나를 소환했다.

가끔 작은 공간이 혹은 작은 소란이 먼 곳의 추억을 되살릴 때가 있다. 허름한 포장마차에서 갑자기 옛사랑의 아련한 추억이 떠오른다. 집 주변의 작은 공원에서 문득 남태평양의 태양을 느끼기도 하고 작은 카페에서 풍기는 어떤 냄새가 캐나다의 한 레스토랑을 떠올리게도 한다. 지저분한 골목이 인도 바라나시의 기억을 갑작스레 끄집어내기도 한다. 작은 방에 내리쬐는 햇볕이 문득 아프리카의 기억을 떠올리게 할 때도 있다. 추운 겨울 산모퉁이에서 만난 찬바람이 북유럽을 회상하게 만들기도 한다. 이 작은 공간에서 과거의 여행이 문득 떠올랐다.

사실 나는 프랑스어 발음에 정말 취약하다. 프랑스어의 발음이 매력적이라 몇 번 시도해봤지만 내 구강구조는 프랑스어를 말하기에는 부적합한 듯 보였다. 고등학생 시절, 우리 학교는 제2외국어를 특이하게도 불어와 독어 중에 택할 수밖에 없었다. 법조인이 되고 싶으면 독일어를 택하고, 외교관이 되고 싶으면 불어를 택하라는 대한민국 건국 이후부터 그대로 전해 내려온 듯한 담임선생님의 조언에 나는 그냥 친구들이 많이 택하는 독일어를 택했다. 내 동창 중에 법조계에서 일하거나 외교관이 된 친구는 거의 없다. 그때 불어를 택하지 않은 게 다행이라는 사실을 나중에 여행하면서 깨닫게 되었다.

십 년 전쯤, 호주를 여행할 때 아주 예쁘게 생긴 프랑스 여자를 만난 적이 있었다. 사귀었다는 뜻은 아니다. 나중에 명예훼손으로 고소당할 여지가 있을 수 있으니 국제 분쟁을 막기 위해서라도 좀 더 정확한 표현으로 정정하자면, 같은 여행자인 그녀와 여정이 비슷해 동행을 했다. 덕분에 많은 백인 남성들의 부러움을 샀다. 내가 살면서 백인 남성들에게 부러운 시선을 받은 몇 안 되는 경험이었다. 우리는 서로의 일정이 달라져 헤어져야 하는 마지막 밤을 맞이했다. 나는 술기운에 알고 있는 샹송프랑스 대중가요을 그녀에게 불러 주었다. 노래를 마치자 그녀는 박수를 쳐주고 가벼운 포옹을 해주었다. 감싸 안았던 팔을 풀며 내게 물었다.

"정말 고마워. 근데 네가 지금 부른 노래 한국어로 번안된 거야?"

"아니, 왜?"

"난 네가 부른 가사가 한국말인 줄 알았는데?"

나는 차마 프랑스어로 노래를 불렀다고 말하지 못했다. 사실 그녀도 내가 프랑스어로 부른 사실을 몰랐을 리 없다. 하지만 내 발음이 아주 생소해서 놀리기에 딱 좋은 듯했다.

차라리 꼬마가수 조르디의 〈Dur dur d'être bébé〉를 부르며 "조금

씩 조금 싸. 조금 조금 싸." 라고 불러야 했었나? 라는 생각이 들었다. 기차표를 만지작거리며 십 년 전의 씁쓸했던 기억을 미소와 함께 더듬었다.

시선을 옮겨 다시 창가를 쳐다보았다. 아주 작은 햄 파편이 그의 아밀라아제를 남기며 아주 느린 속도로 흘러내리고 있었다. 아까는 작은 햄이 살진 돼지 엉덩이만 하게 보였지만 이내 마음을 다잡으니 그럭저럭 신경 쓰지 않을 수 있었다.

왼쪽엔 바다가 넓게 펼쳐져 있고 오른쪽에는 돌산이 굳건히 서 있다. 기차는 그 가운데를 가르고 있는 철로를 따라 빠른 속도로 지난다. 기차 안의 작은 소동은 끝이 났고, 내 마음은 다시 평화를 되찾았다. 그리고 내가 아는 프랑스어를 계속 되뇌었다.

— C'est la vie – 이것이 인생이다

발걸음이 나를 인도할 때

아비뇽

아비뇽 유수로 유명한 아비뇽. 아비뇽 유수는 1309년부터 1377년까지 교황청을 로마에서 프랑스 아비뇽으로 이전하여 7명의 교황이 이곳에 머물게 된 사건이다. 13세기 말, 프랑스의 필립 4세가 가스코뉴 공령 쟁탈전에 필요한 전쟁비용을 마련하기 위하여 국내 성직자에게 세금을 부과하려 했다. 이에 교황 보니파키우스 8세는 이에 강력히 반대하였다. 그러자 필립 4세는 교황을 압박하기 시작하였고 결국 프랑스군이 아나니 별장에 있던 교황을 습격한 아나니 사건이 터졌다. 이로 인해 교황 보니파키우스 8세는 목숨을 잃었다. 프랑스인 추기경이었던 베르트랑 드 고트가 교황 클레멘스 5세로 즉위했다.

교황은 프랑스 국왕의 꼭두각시가 되었다. 필리프 4세의 요청에 따라 1308년에 교황청을 프랑스 남부로 이주하였으며 1309년에 아비뇽에 거처를 두었다. 그러던 중 이탈리아는 신성로마제국 하인리히 7세의 침략을 받았고 교황은 이탈리아로 돌아가지도 못하고, 결국 프랑스에 계속 머무를 수밖에 없었다. 1377년, 교황 그레고리오 11세가 드디어 로마로 귀환하게 되면서 아비뇽 유수는 끝나게 된다. 그 후, 로마에서 이탈리아인 교황 우르바노 6세가 선출됐다. 아비뇽 유수 기간에 프랑스인 추기경이 대폭 늘어났고, 프랑스인 추기경들은 이를 무효라고 주장했다. 그리고 일방적으로 추기경단 가운데 한 사람인 클레멘스 7세를 교황으로 추대했다. 아비뇽에 교황청을 다시 마련하게 되면서 교황청은 로마와 아비뇽으로 갈라지게 된다. 이를 '교회의 대분열'이라고 한다.

물론 아비뇽 유수 때문에 이곳을 찾은 것은 아니다. 세계 최대 규모의 아비뇽 연극축제도 얼마 전 이미 막을 내렸다. 입체파의 문을 열었던 피카소의 「아비뇽의 처녀들」도 이곳에 없다. 뉴욕에 있다. 프랑스의 대표 민요인 〈아비뇽의 다리 위에서〉도 이곳에 올 만한 이유가 되지 못했다.

대단한 유적지가 있는 것도 아니고, 유명한 사람의 흔적이 남아 있지도 않다. 교황청도 아름답긴 하지만 당시의 건물들과 비교하면 내세울 만한 것은 없다. 유럽에서 가장 큰 고딕 궁전으로 알려져 있지만 다소 투박한 인상을 내뿜는다. 내부도 프랑스 혁명 때 파괴되고 도둑맞아 쓸쓸한 기운이 감돌았다. 이곳에서 지낸 7명의 교황도 교황답지 못했다. 와인에 푹 빠져 지낸 알코올 중독자 교황, 하느님이 교황청을 아름답게 꾸미라 명했다며 교황청 내부 장식에만 몰두한 인테리어 중독자 교황, 소화불량을 치료하고자 에메랄드 가루를 먹고 죽은 폭식가 교황 등 모두 제정신이라 말할 수 없는 사람들이었다.

그 때문일까? 교황청이 아비뇽에 있는 동안 유럽에는 흑사병이 유행하기 시작했다. 유럽 인구의 1/3에 해당하는 2천만 명이 페스트로 목숨을 잃었다. 르네상스와 맞물려 교황청은 더 큰 쇠락의 길로 빠지게 된다. 이때 교황청이 생각한 해결법은 희생양을 만드는 일이었다. 유대인들이 사탄의 저주를 가져왔기 때문이라고 여론을 조장했다. 사람들이 권력을 비판하면 다른 무리들을 적으로 만들어 서로 싸우게 하는 방식은 예나 지금이나 부패한 권력과 우매한 민중들에게 아주 유용한 방법이다. 민족 갈등, 종교 갈등, 남녀 갈등, 좌우 대립, 세대 갈등은 지금도 권력자에게 향하는 분노를 돌이켜 서로 싸우다 지치게 만드는 데 효율적이다. 성공에서만 가르침을 받는 것도 아니고 유명한 사람들에게만 본받을 점이 있는 것도 아니다.

아비뇽은 그럼에도 나에겐 참 매력적인 도시였다. 딱히 할 것도 없고, 생각할 것도 없다. 그냥 발길 가는 데로 걸으며 여유를 만끽하고 잠시 생각을 내려놓는 일이 내가 아비뇽을 여행한 방식이다. 니스에서처럼 반복되는 동선만 만들지 않으면 그만이었다. 아비뇽은 치욕과 굴욕의 역사, 우둔함의 역사를 감추지 않고 있는 그대로 드러내는 정직한 도시였다. 반쯤 무너진 채 처연히 론강 위에 서 있는 생 베네제 다리마저 이 도시에서는 당당하다.

생 베네제 다리는 12세기 무렵 양치기소년 베네제Benezet가 다리를 지으라는 신의 계시를 듣고 혼자서 돌을 쌓아 지었다고 전해진다. 당대 최고의 토목기술로 지어진 이 다리는 21개의 교각에 22개의 아치가 있는 총 길이 900m였다. 프랑스에서 에스파냐로 가는 길을 잇던

이 다리는 여러 차례 보수를 거쳤으나 1680년 홍수로 붕괴되었다. 그 뒤로는 방치되어 지금은 왼편에 3개의 아치만이 남아있다. 무료로 운영되는 보트를 타고 강을 건너가 산책하는 사람들을 구경하고 잔디밭에 누워 프로방스의 따듯한 햇살을 느껴보는 것도 괜찮다. 프랑스 도시 어디서나 볼 수 있는 회전목마도 쓸쓸하게 느껴지지만 도시는 감추거나 부끄러워하지 않는다.

화려하고 숨 막히는 유럽의 흔한 풍경은 아니었지만, 프로방스의 따듯함을 오롯이 간직한 마을이다. 대단한 볼거리가 없어도 거리를 걷는 것만으로도 좋다. 그러다 지겨워지면 잠시 시간을 내어 알퐁스 도데의 고향 님Nimes이나 고르드Gordes에 가서 아늑하고 조용한 마을에 라벤더 향기가 풍기는 곳을 누비며 산책하는 것도 좋다.

시간마저 쉬어간다는 프로방스의 분위기를 느끼기에 좋은 방법이다. 파리를 비롯한 프랑스 북부는 어둡고 습한 날씨의 변덕스러움에 맞서온 깊이 있는 삶과 무거운 역사의 화려함을 자랑하는 느낌인 반면, 프랑스의 남쪽 프로방스는 화려하지 않아도 순수함이 느껴지는 마을을 영롱한 햇살이 포근히 감싸고 있는 느낌을 준다.

일상을 예술로

📍 아를

“남프랑스의 빛나는 태양과 열기는
북쪽 지방과는 달리 가난을 덜 고달프게 하고 덜 슬프게 한다.”

– 고흐가 동생 테오에게 보내는 편지

이미 많이 알려진 대로 고흐는 그림으로 돈을 벌지 못했다. 그가 생전에 판 그림은 단 한 점에 불과하다. 극심한 생활고 속에서 그는 작품에 대한 열정만으로 그림을 그렸다. 그가 추구했던 이상과 고통스러운 현실 간의 거대한 괴리에서 묻어나는 절박함. 그 간절한 열정이 고흐를 세계인이 가장 사랑하는 작가로 만들었다. 그의 안식처가 된 곳이 아를이다.

고흐가 가장 빛나는 시절을 보냈던 도시는 프로방스의 태양으로 밝게 빛나고 있었다. 고흐는 「별이 빛나는 밤」, 「아를의 공원 입구」, 「밤의 카페 테라스」, 「아를의 도개교」를 비롯해 300여 점의 그림을 이곳에서 그렸다. 아를에서 파리의 우울함을 달랬던 그의 흔적을 만날 수 있다.

그의 삶을 한 단어로 감히 요약하자면 찌질함이다. 동생 테오의 금전적인 지원이 없이는 생계를 이어갈 수 없었다. 불행하고 혹독했던 그의 삶이 가장 아름다웠던 곳은 바로 이곳 아를이다. 누구나 보잘것없고, 내세울 것 없는 삶을 살지만 그래도 그나마 삶의 가장 아름다운 순간들이 있다. 고흐의 삶이 빛났던 장소에서 내 삶의 가장 빛나는 순간은 아직 오지 않았다며 애써 나를 위로했다. 나의 삶과 그의 삶을 위로하며 그의 흔적을 따라 아를을 서성였다.

고흐 작품의 배경이 된 곳을 그의 발자취를 따라 표시해 놓아 길을 잃을 염려도 없다. 아를의 회전목마 옆에 있는 여행자 안내소에서 구할 수 있는 지도마저 훌륭한 기념품이 된다. 도시가 크지 않은 탓에 고흐 그림의 배경이 되지 않은 곳까지도 고흐의 손길이 닿아 있다.

그의 도시에 기대를 품고 왔다가 너무나도 평범한 모습에 실망하고 돌아가게 만들 수도 있다. 하지만 이런 평범한 공간이 그의 특별한 시선으로 채색되어 예술로 재탄생 했다. 사실 삶도 그러할 테다. 황홀하고 환희에 찬 순간은 너무나도 드물게 우리를 찾아온다. 그러고선 순식간에 흘러가 버린다. 무의미하다 싶을 정도로 지루하고 평범한 시간들이 우리의 인생 대부분을 채우고 있다. 이런 삶을 특별하게 만드는 힘은 일상을 특별하게 바라보고 그 시간을 소중하게 보내는 태도에서 온다. 나의 여행도 삶도 특별한 시선으로 바라보는 힘을 키우고자 이 평범한 공간을 최대한 민감하게 거닐었다.

고흐의 작품 또한 그러하다. 고흐는 일상 그리고 현실에서 작품의 소재를 찾았다. 그는 현실에 집착할수록 현실과 멀어지기도 했지만, 무엇보다 현실을 직시하고자 노력한 예술가였다. 잔혹한 현실을 제대로 바라보고자 광적인 집착을 보인 화가였다. 현실을 정확히 보고자 했던 그를 두고 사람들은 미쳤다고 했다. 하지만 진정한 현실을 마주하고자 하면 미칠 수밖에 없다.

"예전에는 이런 행운을 누려 본 적이 없다.
하늘은 믿을 수 없을 만큼 파랗고 태양은 유황빛으로 반짝인다.
천상에서나 볼 수 있을 듯한 푸른색과 노란색의 조합은
얼마나 부드럽고 매혹적인지……"

– 고흐가 동생 테오에게 보내는 편지

고흐의 작품 배경이 된 '르 카페 라뉘Le café la nuit'의 북적이는 테이블 대신, 한적한 카페 테이블에서 아를의 정취를 느껴보았다. 햇빛이 야외 테이블에 앉은 나의 눈을 간지럽힌다. 사실 프로방스를 여행하다 보면 햇빛의 변화에 민감해진다. 햇빛으로 인해 건물과 들판의 색이 변한다. 하늘이 다채롭게 옷을 갈아입는 것은 물론 카페 테라스의 물 한잔, 샐러드의 색도 시간마다 달리 보인다. 고흐가 바라봤던 대상을 바라보는 일이 아닌 그 대상을 비추는 빛을 감지하는 시간이 그를 이해하는 시간인지도 모른다. 살랑이는 바람에 나뭇잎이 흔들리면 햇빛은 섬세한 연주를 시작하고 유리컵은 빛을 흔들며 부드러운 빵과 치즈 위에 올라 수줍게 춤을 춘다.

프로방스에는 '미스트랄'이라는 바람이 분다. 프로방스를 상징하는 바람의 이름으로 겨울에는 엄청난 세기의 미스트랄이 프로방스를 휩쓸고 지나간다고 한다. 프로방스에 부는 모든 바람이 미스트랄은 아니지만, 프로방스 사람들은 감각적으로 일반적인 바람과 미스트랄을 구별할 수 있다고 한다. 나는 비록 그 차이를 느낄 수는 없었지만, 고흐가 왔을지도 모르는 카페에 앉아 간간이 불어오는 바람에 땀을 식혔다. 내가 프로방스에서 유일하게 간직하고픈 건 너무 싱그러워서 낯설게 느껴지는 빛과 바람이었다.

여행에도 민감함이 필요하다. 작은 변화와 아름다움에도 민감하게 반응하는 여행의 촉수가 여행을 풍성하게 만든다. 세밀한 부분까지 바라보고 느끼는 일은 다소 피곤할지 모른다. 그럼에도 불구하고, 무심히 지나쳐 왔던 지점에서 다른 무언가를 발견하는 일은 여행의 참재미다. 여행이 때론 실망을 준다고 해서 멈출 필요는 없다. 계속 여행을 지속하다 보면 예상치 못했던 멋진 여행이 찾아올 때가 있다.

만약 '너는 그림을 그릴 능력이 없어.'라는
내면의 목소리가 들린다면, 반드시 그림을 그려라.
그 내면의 목소리는 곧 잠잠해질 것이다.

– 빈센트 반 고흐

때론 '무엇을' 보다는 '어떻게'

엑상프로방스

오전 9시 58분, 폴 세잔과 에밀 졸라의 도시 엑상프로방스로 가기 위해 기차에 올랐다. 이 도시는 긴 역사와는 다르게 젊음이 넘실대고 있었다. 로마시대 때부터 온천으로 유명했던 이곳은 13세기부터 15세기까지 프로방스의 주도였다. 역사적 건물들 사이에 세잔의 도시답게 미술의 작품이 곳곳에 자리 잡고 있다. 관광 안내소에서 나눠주는 지도에도 세잔의 흔적을 볼 수 있다고 표시된 부분이 서른 가지나 된다.

프랑스 대학의 30%가 엑상프로방스에 위치해 있으며 도시 인구의 20%가량이 학생이다. 엑상프로방스의 중심가인 미라보 거리에는 젊은이들이 한가롭게 시간을 보내고 있었다. 그 중간쯤 폴 세잔과 에밀 졸라의 단골 카페인 레 두 가르송Les Deux Garccons이 있다.

생트빅투아르 산과 사과를 집요하게 그린 폴 세잔과 진실을 집요하게 파헤친 에밀 졸라의 고향이 엑상프로방스다. 세잔과 졸라는 1852년에 같은 중학교를 다니면서 둘도 없는 친구가 되었다. 졸라 역시 당시에는 아마추어 화가였다. 두 소년은 엑상프로방스의 목가적인 풍경을 스케치하며 대부분의 시간을 함께 보냈다고 한다. 세잔의 많은 작품들 속에는 함께 그림을 그리는 인물이 나타나는데, 바로 졸라가 그 모델이다. 세잔의 그림에서 사과를 빼놓을 수 없는 이유도 둘 사이의 관계 때문이라는 일화가 있다. 어린 시절, 친구들에게 괴롭힘을 당하던 에밀 졸라를 폴 세잔이 구해주었다. 졸라는 보답으로 사과 하나를 선물로 주었고, 그때부터 세잔이 사과에 관심을 갖게 되었다고 한다. 과연 사실일까?

졸라의 권유로 세잔은 엑상프로방스를 떠나 파리로 갔다. 세잔의 아버지가 그림 그리는 일을 완강하게 반대하여 세잔은 어쩔 수 없이 엑상프로방스에서 법학을 전공했다. 하지만 그는 그림을 포기할 수 없었고, 졸라는 세잔에게 함께 파리로 가서 그림을 그리자고 설득했다. 세잔은 법과대학을 그만두고 파리로 떠났고 그곳에서 화가로 데뷔했다. 세잔의 아버지가 죽은 뒤 그는 다시 엑상프로방스로 돌아왔고, 세잔과 졸라는 30년 넘게 우정을 쌓아갔다.

이 도시는 에밀 졸라를 잊은 듯, 그의 흔적은 엑상프로방스에 많이 남아 있지 않았다. 하지만 에밀 졸라는 쉽게 잊히면 안 되는 인물이다. 에밀 졸라는 드레퓌스 대위 사건의 진실을 끈질기게 파헤치면서 프랑스 사회에 파장을 일으켰다. 1894년 유대인계의 프랑스 장교 드레퓌스는 군사 기밀 문서를 유출한 간첩 행위로 구속된다. 하지만 이는 조작된 사건이었다. 잔혹한 고문으로 드레퓌스는 거짓 자백을 했다. 당시 보수적인 가톨릭이 지배하던 유럽에 팽배했던 반유대주의 정서와 맞물려 이런 짓을 할 사람은 유대인인 드레퓌스밖에 없다는 분위기가 지배적이었다. 드레퓌스 사건에서 진짜 간첩임이 드러난 에스테라지 소령이 무죄 석방되었고, 증거를 제시하며 드레퓌스의 무죄를 주장했던 피카르 중령은 투옥됐다.

에밀 졸라는 1989년 1월 13일, 진실을 알리기 위해 신문사에 기고를 했다. 1면에 '나는 고발한다!'를 실은 『로로르』는 몇 시간 만에 30만 부가 팔려나갔다. 이후 예술가, 과학자, 교수들이 드레퓌스 사건 재심 청원서에 서명했다. 드레퓌스 재심 운동은 빠르게 번져나가기 시작했다. 하지만 당대 최고 인기 작가이자 대문호로 칭송받았던 에밀 졸라는 반유대주의 정서에 물든 민중들에게 큰 고난을 당했다. 진실을 감당할 수 없었던 대중들의 심리를 대변해 프랑스 의회는 에밀 졸라를 기소했다. 1898년 7월 베르사유 중죄재판소는 그에게 징역 1년과 벌금 3천 프랑을 선고했다. 선고 며칠 후 프랑스 정부는 그가 받았던 훈장도 박탈했다.

우리나라도 최근까지 간첩 조작 사건이 일어났다. 이때, 필요한 것은 진실을 파헤치고자 하는 집요함이다. 진실을 마주할 용기가 사람들의 마음속에 싹트기 시작할 때 참된 민주주의는 꽃피기 시작한다. 이때 필요한 게 진실을 절대가치로 추구하는 언론과 지성인이다. 진실을 끈질기게 파헤쳐 프랑스 근대 민주주의로의 전환을 일으킨 에밀 졸라는 아직도 참여 지성의 본보기로 회자되고 있다. 진실을 추구하는 민주주의와 이를 뒷받침하는 지성인의 모습들을 생각하며 부러움보다는 찝찝한 죄책감이 느껴진다.

반면, 세잔은 화구를 들고 산에 올라 때에 따라 변하는 생트빅투아를 산의 모습을 끊임없이 관찰했고 생트빅투아를 산과 관련된 수많은 작품을 그렸다. 또한, 당시에는 그림의 대상이 되지 않았던 일상의 소재인 사과를 지속적으로 그려나가면서 그의 화풍을 완성했다. 당시 경직되고 무거웠던 화풍이 자리 잡았던 파리를 벗어나 엑상프로방스에 오면서 가능했던 작품 활동이었다. 전통적인 화법이었던 투시도법에서 벗어나 같은 대상을 다양한 각도에서 집요하게 관찰하면서 발견한 색감의 차이를 화폭에 담았다. 시점에 따라 변하는 미묘한 빛과 색의 차이를 그리면서 한 물체가 지니는 다양한 모습을 예술로 승화시켰다.

세잔의 아뜰리에를 구경하고 내려오는 길. 상점에 빨간 사과가 눈에 들어온다. 사실 눈에 들어 왔다기보다는 과일 파는 상점을 우연히 발견하고 다가가 사과를 찾아 두리번거렸다. 세잔이 그린 사과들의 후손일지도 모른다는 어이없는 생각이 다소 맥락 없는 호기심을 불러일으켰다.

사과는 흔해서일까? 정확한 이유는 모르지만 다양한 이야기에 등장하는 소재였다. 마녀가 백설공주를 제거하기 위해 먹인 독이 묻은 사과부터 2차 세계대전 당시 독일의 통신 암호 체계인 '이니그마'를 무력화시킨 'The Bombe'를 개발하여 많은 사람들의 목숨을 구했던 앨런 튜링. 세계최초의 컴퓨터인 콜로서스를 발명했지만, 동성애자라는 이유로 고충을 당해야 했던 그가 여성의 모습으로 죽기 위해 백설공주처럼 베어 물었던 청산가리가 든 사과 그리고 그를 기리기 위해 만들었다고 추정되는 애플의 한 입 베어 문 사과 마크까지 꼬리에 꼬리를 물며 이어지기도 한다.

이브의 사과, 뉴턴의 만유인력에 영감을 준 사과, 폴 세잔의 명작들에 등장하는 사과처럼 흔한 사과가 인류에게 다른 세계, 다른 시선을 선물한 적도 있다. 사과의 위대함을 말하고자 하는 것이 아니다. 흔한 사과를 통해 특별한 영감을 얻은 사람들의 이야기다. 평범한 것을 특별하게 바라보는 것은 결코 쉬운 일이 아니다. 우리는 흔한 것은 대수롭지 않게 대하고 평범한 것은 무시한다. 때로는 특별한 것조차 평범하게 만들어 버리는 우를 범하기도 한다.

평범한 것을 특별하게 바라보는 방법 중에 하나는 집요하고 끈질긴 노력이다. 천재는 1%의 영감과 99% 노력으로 만들어진다고 했다. 가만히 살펴보면 1의 영감은 99의 노력이 이루어졌을 때 나타난다. 1의 영감이 99의 노력을 이끌어 내지는 못하지만 99의 노력이 1의 영감을 이끌어 내기도 한다.

이곳에서 읽은 에밀 졸라의 소설 『목로 주점』도 비슷한 메시지를 던진다. 우리가 어떤 고난을 당했는지가 우리 삶을 설명하지 않는다. 인생의 고난을 어떤 자세로 다루어 왔는지가 우리 인생을 말해 준다. 위태롭고 불안한 삶에서 어려움을 맞이할 때 나는 어떤 선택을 하고 있는가? 더 이상 안 된다고, 이젠 끝이라고 포기하고 있진 않는가? 나는 고난과 역경을 어떤 태도로 바라보고 있을까?

여행도 마찬가지일 테다. 더 많이 보는 게 반드시 더 좋은 여행은 아니다. 한 가지를 보더라도 많은 것을 끄집어낼 수 있다면 그게 더 좋은 여행이라고 생각한다. 흔히 특별한 성과를 위해 특별한 경험이 필요하다고 생각한다. 이 명제가 참이라는 전제하에 자신의 능력을 드러내기 위해 세계일주를 하기도 하고 다양한 프로그램에 참여하기도 한다. 때론 무모한 일에 과감히 도전하기도 한다.

하지만 세상은 특별한 경험에서 특별한 이야기를 만들어 내는 것에 생각보다 큰 가치를 두지 않는다. 그에 대한 관심은 금방 사그라진다. 일상의 시간과 평범한 사물 속에서 독특한 시선으로 특별한 의미를 찾아내는 능력을 필요로 한다. 우리의 삶은 평범한 것들로 가득 채워져 있기 때문이다. 그래서 '무엇을 보았니?' 만큼 '어떻게 보았니?'도 중요한 문제다. 쉽사리 지나치는 것들을 한 번 더 바라보고, 눈앞에 펼쳐진 진부한 광경에 끈기를 더하는 일. 이게 시시한 여행에서 가치를 찾는 방법이라고 생각했다. 무작정 많은 의미를 찾으려 서두르다 보면 과잉된 감정과 과장된 감흥이 진실을 가로막는다. 끈기 있게 깊이 있는 통찰로 대상을 이해하는 여행을 하고 싶었다.

삶도 그러하다. 때론 '무엇을' 바라보느냐 만큼 '어떻게' 바라보느냐에 좀 더 무게를 두어야 한다. 우리는 사람들에게 "무엇을 하고 사니?", "앞으로 무엇을 하고 살 거니?", "전에는 무엇을 했니?"라는 질문은 자주 하지만 "어떻게 사니?", "앞으로 어떻게 살고 싶니?" 같은 질문은 의외로 많이 하지 않는다. 무엇을 하는지를 중요하게 생각하는 반면 어떻게 살고 있냐는 문제에는 그리 큰 관심을 보이지 않는 듯하다. 직업 혹은 하루하루의 일과도 그 사람의 인생의 단면을 보여주지만, 그 사람이 삶을 대하는 시선, 인생을 살아가는 자세 또한 그 사람을 알 수 있는 좋은 단서가 된다. 무엇을 하고 살고 싶은가 보다는 어떤 삶을 살고 싶은가를 생각하기로 했다.

반성문으로 대신 답안지를 채웁니다

바르셀로나

당신은 내게 벅찬 숙제를 내주었습니다. 바르셀로나에서 '가우디'를 벗어나 다른 것을 보고 느낀 점을 말해 달라 하셨습니다.

저는 가우디를 뺀 바르셀로나를 상상할 수 없었습니다. 프랑크 독재에 맞서 자유를 위해 싸웠던 카탈루냐인들이 이제는 독립을 위해 저항하는 이 땅에서 제가 무엇을 느낄 수 있을지 고민했습니다. 하지만 매일같이 가우디의 흔적을 따라다니고 있는 제 자신을 발견할 뿐이었습니다. 자연의 형태를 온전히 담은 곡선으로 숨 막히도록 아름답게 지은 가우디의 건축물을 구경하느라 대부분의 시간을 보냈습니다.

조지 오웰이 세계에서 가장 흉측한 건물이라고 표현한 라 사그라다 파밀리아 대성당을 비롯해 구엘 공원, 까사 밀라, 까사 바뜨요 등 그의 작품들을 정확히 관찰하고 제대로 이해하는 것도 저에겐 불가능해 보였습니다. 순간순간 터져 나오는 탄성으로 벌어진 입을 다무는 것조차 힘들었습니다. 그렇게 저는 가우디의 철학과 지혜에 감동하고 있었습니다. 무미건조한 기하학이 지배하는 기존 건축 기법에서 벗어나 자연을 건축물에 고스란히 담아내고자 했던 그의 고민과 노력은 건축에 대해 아무것도 모르는 저에게도 큰 영감을 주었습니다.

스페인은 'Spain'인데 왜 '스패인'으로 표기하지 않을까? 하는 기본적인 궁금증도 해소하지 못한 저에게 바르셀로나를 다른 시각에서 바라보는 일은 꽤 버거운 일이었습니다. 프랑코 독재 시절 심하게 탄압을 받았던 카탈루냐인들의 심장 FC 바르셀로나의 홈구장인 캄프 누 구장도 가고 카탈루냐 박물관도 들러 카탈루냐 사람들의 투쟁과 생각을 엿보기도 했습니다. 스페인 내전을 배경으로 한 조지 오웰의 『카탈루냐의 찬가』도 읽었습니다. 하지만 당신을 만족시킬 만한 이야기를 찾지 못했습니다.

고딕지구에 숙소를 잡았습니다. 가장 바르셀로나다운 모습이 보인다는 고딕지구는 일상 속에서 과거의 모습을 영롱하게 보여주곤 했습니다. 그곳에서 피카소의 작품을 만나고 카탈루냐의 민속무용인 사르다나도 볼 수 있었습니다. 저는 그렇게 대성당 주변의 색다른 분위기에 취해 시간을 보내기도 했습니다. 카탈루냐 광장에서 콜럼버스 기념탑이 있는 평화의 광장까지 이어진 람블라스 거리를 걸으며 바르셀로나 사람들이 사는 모습도 지켜보았습니다. 분명 눈을 사로잡을 만큼 멋지고 독특한 풍경이었습니다. 하지만 당신이 내준 과제를 수행할만한 근사한 해답의 단서를 찾진 못했습니다.

지금 저는 몬주익 언덕에 있습니다. 1992년 바르셀로나 올림픽에서 마라톤 금메달을 딴 황영조 선수의 동상이 있습니다. 당시 작은 꼬마였던 저에게도 그 날의 장면은 아직도 생생합니다. 인생은 흔히 마라톤에 비유되기도 하죠. 인생은 길고 외로운 싸움이니깐요. 하지만 살다 보면 누구나 알게 되듯 출발선이 다르다는 사실도 눈치채게 되고, 나는 맨발로 뛰는데 자전거나 멋진 스포츠카를 타고 달리는 사람도 눈에 띄게 됩니다. 한국은 지금 '금수저', '흙수저' 논란이 한창입니다.

노력마저 배신하는 작금의 시대에 응축된 분노가 자조와 조롱의 모습으로 표출되고 있습니다.

몬주익의 영웅인 황영조 선수보다는 올림픽 폐회식이 진행되고 나서야 뒤늦게 어둠을 가르며 뛰어들어오던 한 선수가 생각납니다. 저도 이제 어느 정도 나이가 들었나 봅니다. 금메달을 목표로 살던 제가 이제는 완주를 목표로 살고 있습니다. 주저앉아 쉴 수 없는 길을 가야 하는 내 모습이 그들과 많이 닮았습니다. 완주조차 버거운 삶에서 신실하게 나의 길을 완주하자는 다소 식상한 이야기를 당신에게 하고자 합니다.

저는 '인생은 운'이라는 말에 어느 정도 동의합니다. 결국, 그 운이 자신에게 올 때까지 기다리고 끝까지 버틴 사람들이 성공한다는 말에는 더욱 공감합니다. 계획대로 된다면 인생이 참 편할 텐데 자꾸만 내 예측은 보기 좋게 빗나가 좌충우돌하게 됩니다. 예상치 못했던 고비를 만날 때마다 숨이 턱 밑까지 차오르고 땀이 흥건한 두 손으로 후들거리는 두 다리를 짚곤 합니다. 포기하고 싶은 순간들마다 불쑥불쑥 튀어나오는 약해진 마음을 두더지 게임을 하듯 눌러대느라 진이 빠지기도 하죠. 그럼에도 불구하고 자신의 때를 묵묵히 기다리며 한 발 한발 나아가는 사람들이 결국 성공한다는 인생의 법칙이 더욱 진솔하게 다가옵니다.

결국 성공했다고 인정받는 시간이 오지 않을 수도 있습니다. 그럼에도 불구하고 앞서 가는 자들을 지나치게 부러워하지 않고 뒤처지는 자들을 손가락질하며 자신을 치켜세우지 않는 자세를 견지해야 합니다. 때론 홀로 때로는 함께 자신의 길을 묵묵히 가는 것만으로도 충분히 박수받을 만한 인생이라는 점을 되새깁니다. 식상하고 진부한 만큼 너무나도 당연한 인생의 지침이기 때문입니다.

화가였던 피카소의 아버지는 어린 피카소에게 비둘기 발만 그리게 했다고 합니다. 비둘기 발만 계속 그리던 피카소는 마침내 비둘기 발을 제대로 그릴 수 있게 되었을 때, 모든 사물을 아름답게 그릴 수 있었다고 합니다. 지금은 시시하고 보잘것없이 보여도 충실히 임하다 보면 언젠가는 기회가 오리라 생각합니다. 지금 내가 하는 일이 단순 반복인지 미래를 위한 훈련인지 구분 짓는 기준은 그 일을 대하는 자세와 관점의 문제겠지요.

아주 천천히 가우디의 작품을 완성하고 있는 사그라다 파밀리에 대성당은 그 아름다움과 정교함도 경이로웠지만, 제대로 짓기 위해 깊이 고민하고 연구하는 자세가 더 인상 깊었습니다. 느리다고 하더라도 자신의 속도에 맞춰 충실히 그 소명을 다하는 태도가 참 많은 것을 느끼게 해주었습니다. 지금까지 133년이 걸렸고 공사를 시작한 지 144년이 되는 해인 2026년에야 완성된다는 사그라다 파밀리에 성당을 바라보며 저의 10년 후 모습을 상상합니다. 제가 완성된 사그라다 파밀리에 성당 앞에 다시 서는 날이 있다면 저는 세계에서 가장 높은 성당 건축물 앞에서 부끄럽지 않을 수 있을까요?

결국, 이야기는 다시 가우디로 돌아가고 마는군요.

자신이 평생 동안 건축해 온 사그라다 파밀리에 성당에 몰두했던 가우디를 다시 떠올립니다. 정확히 말하자면 그의 죽음을 떠올립니다. 그는 1926년 6월 7일 38호 전차에 부딪혀 치명상을 당했습니다. 운전수는 그를 노숙인으로 착각하고 그냥 지나가 버렸습니다. 사람들이 그를 병원으로 데려가고자 택시를 잡았지만 역시 노숙인으로 생각한 기사들은 그냥 지나쳐 3번의 승차 거부 끝에 겨우 4번째 만에 택시를 잡을 수 있었습니다. 하지만 병원도 2곳이나 진료 거부를 해 빈민들을 위한 무상 병원에 갈 수밖에 없었습니다.

병원에서 방치된 채로 있다가 겨우 정신을 차린 가우디는 병원 간호사에게 이름을 말합니다. 병원 관계자들은 경악하며 가우디의 친척들과 친구들에게 급히 연락했습니다. 서둘러 달려온 그들이 다른 병원으로 옮기자고 말했지만, 가우디는 "옷차림을 보고 판단하는 이들에게 이 거지같은 가우디가 이런 곳에서 죽는다는 것을 보여주게 하라. 그리고 난 가난한 사람들 곁에 있다가 죽는 게 낫다."라며 그대로 빈민 병원에 남았다고 합니다. 결국 그는 1926년 6월 10일 73세의 나이로 세상을 떠났습니다. 뭔가 허구의 이야기가 첨가된 것 같다는 의심을 지울 수는 없지만 그래도 우리에게 시사하는 바는 분명 있습니다.

인간은 때때로 이렇게 어리석습니다. 사람들에게 인정과 사랑을 받고자 하는 욕구도 때로는 어리석을 수 있습니다. 사람들에게 인정받기보다는 먼저 자신에게 인정받을 수 있는 삶을 사는 게 삶을 대하는 현명한 방식이라고 다시 그 흔한 교훈을 되짚어 보았습니다.

기존의 방법에 얽매이지 않은 자유로운 가우디의 건축은 결국 자연을 닮았습니다. 가장 원초적이고 근본적인 것에 그 아름다움과 해답이 있었습니다. 우리는 자연의 상태에서 진보하고 발전하려 하지만 그 많은 기술과 해법들이 때론 관습과 통념으로 굳어져 버려 우리의 자유를 가로막기도 합니다. 우리 삶도 마찬가지일 테죠. 우리는 태어나면서 많은 사람들의 도움과 영향을 받고 살지만, 때론 다른 사람의 눈치를 보느라 우리 자신을 구속하고 무자비하게 자기 자신을 착취하기도 합니다. 이제 저도 일희일비하지 않고 묵묵히 무소의 뿔처럼 나아가려 합니다. 물론 흔들리고 넘어질 때도 있겠지요. 그래도 힘들다는 이유로 지레 겁먹지 않으려 합니다. 두 번째 인생을 사는 장점 중 하나는 겁이 조금 없어졌다는 것이니깐요.

잠시 헤매도 좋다

안달루시아 그라나다 알바이신

비록 말라빠진 황금의 껍질이
어떤 힘의 요구에 따라
즙 든 붉은 보석들로 터진다 해도

이 빛나는 파열은
내 옛날의 영혼으로 하여금
자신의 비밀스런 구조를 꿈에 보게 한다.

– 폴 발레리, 「석류」

'석류'라는 뜻을 지닌 그라나다Granada. 황금 껍질을 두른 듯, 그라나다의 황토빛 건물들을 안달루시아의 태양이 밝게 비추고 있다. 석류알 사이사이 틈처럼 수많은 골목들이 알바이신에 촘촘히 새겨져 있는 모습은 석류의 빛나는 파열을 떠오르게 한다.

알바이신은 이번 여행에서 나를 가장 오래 잡아둔 골목이었다. 당초 계획보다 오래 머물게 된 많은 사연이 있었지만, 무엇보다 가장 큰 이유는 이 골목이 무척 매력적이기 때문이었다. 자유로운 집시들이 사는 좁은 골목은 신비로우면서도 따뜻한 분위기를 간직하고 있었다. 이곳에서 정말 좋은 사람들을 만났으며 그들과 한가롭게 시간을 보내며 음식과 대화를 나누었다.

가끔은 혼자 책을 읽기도 하고, 술에 취하기도 했으며, 몸에서 모든 잠을 빼내듯 억지로 잠을 계속 이어가는 하루를 보내기도 했다. 그리고 매일 발코니에 앉아 알바이신을 멍하게 바라보았다. 눈 앞에 펼쳐진 알바이신의 풍경은 헛된 하루를 풍성히 채울 만큼 아름다웠다.

알바이신 골목은 짐이 많은 여행자들에게 적합하지 않은지도 모른다. 오르막으로 이어진 돌길은 캐리어를 끌기에 최악이다. 구불구불한 골목들은 어지럽게 뻗어있다. 음침한 골목길은 위험하다고 알려져 있어 두려움을 일으키기도 한다. 하지만 나는 골목을 거닐며 생각을 정리하고 골목이 주는 매력에 푹 빠져 지냈다. 이런 미로와 같은 알바이신 골목이 매력적인 이유는 헤매도 좋고 헤맬 염려도 없기 때문이다. 골목을 잠시 헤매다 보면 어느새 하나의 길로 이어진다. 그래서 약간의 방황과 혼란은 이곳이 여행자에게 선사하는 즐거운 선물이다.

당신의 가슴속 문장은 무엇인가요?

알함브라 궁전

이슬람 세력은 이베리아 반도를 800년간 통치했다. 그라나다는 그들의 마지막 활동 무대였다. 이슬람 문명의 무어 족이었던 나스르 왕족의 보압딜 왕이 국토 회복운동을 벌인 이사벨라 1세 여왕에게 1492년 알함브라 궁전의 열쇠를 넘겨주면서 이 땅의 이슬람 역사도 막을 내렸다. 보압딜 왕은 그라나다를 빼앗긴 것은 아깝지 않지만, 알함브라를 뺏긴 것은 너무나 한탄스럽다고 말했다. 이 궁전 안에 이슬람 양식의 건물들을 허물고 엉뚱하게 르네상스 양식의 가톨릭 궁전을 지은 카를로스 5세도 "알함브라를 잃은 자여, 딱하도다. 나 같으면 알함브라를 버리고 삶을 택하기보다는, 알함브라를 무덤으로 삼았을 텐데." 라고 말했다고 한다. 이만큼 알함브라 궁전은 두 왕조의 마음을 사로잡은 곳이다.

붉은 궁전이라는 뜻의 알함브라 궁전. '알함브라 궁전의 추억'의 트레몰로 주법처럼 정원 안 분수의 물방울들이 영롱한 소리를 내며 신비롭고 애절한 분위기를 자아내고 있었다. 물방울들이 연주하는 '알함브라 궁전의 추억'을 들으며 궁전을 거닐었다.

요새인 알카사바, 너무나 화려해 보압딜의 거대한 상실감이 느껴지는 나스르 궁전, 이탈리아 바깥에 지어진 최초의 르네상스 양식 건물인 카를로스 5세 궁전, 그리고 전 세계에 현존하는 이슬람 정원 중에 가장 오래된 헤네랄리페 정원을 구경하며 이슬람교의 천국을 엿볼 수 있었다.

이슬람교에서 천국은 나무가 우거진 정원으로 묘사된다. 물이 부족한 국가에서 살았던 무어인들이 이곳에 풍부한 물을 이용해 분수, 수로, 연못을 만들고 그 주위에 다양한 수목들을 심으면서 그들이 상상하는 천국의 모습으로 꾸며 놓았다. 뜨거운 햇살을 피해 사이프러스 나무 사이를 거닐면서 술탄과 왕족의 발걸음을 따라 걸었다. 실상은 관광객들 행렬에 합류해 끌려다닌 모습이라 할지라도 알함브라의 아름다움과 화려함은 그들의 생활모습을 상상하기에 부족함이 없었다.

화려한 패턴의 타일과 나무와 대리석으로 섬세하게 조각된 천장도 인상 깊었지만, 나의 눈을 사로잡았던 것은 궁전 곳곳에 쓰여 있는 문구들이었다. 아라베스크 문양으로 장식된 벽에 왕의 지혜로운 판단을 위해 코란의 구절과 삶의 지혜를 담은 격언들을 새겨놓았다. 아랍어로 쓰여 있어 “정복자는 없다. 신만이 있을 뿐이다.”와 같은 유명한 문구 정도조차 어디 있는지 정확하게 찾지 못했다. 그래도 그 문구들을 바라보며 ‘왕은 하루하루 무엇을 다짐하고 살았을까? 그의 판단의 지표가 되었던 문구들은 어떤 의미를 담고 있을까?’ 상상하며 걸었다.

사람들은 삶에 어떠한 지침이 필요할 때나 깨달음이 있을 때 남의 말을 빌려 자신의 좌우명으로 삼곤 한다. 삶은 개별성과 보편성을 동시에 지니고 있기 때문이다. 나도 내 자신 고유의 문장을 아직 만들지는 못했지만, 때론 가슴을 흔들거나 잊지 못할 문장을 만날 때면 가슴 한편에 새겨놓곤 했었다.

내가 지키고 있는 문장, 가슴 속에 있는 한마디의 말은 무엇일까? 남들이 뭐라 할지라도 움켜쥐고 버티며 품었던 한 마디가 있었을까? 많은 문장이 떠올랐지만 가장 두드러지게 떠오르는 한 문장은 아래와 같았다.

—— Memento Mori - 죽음을 기억하라

죽음과 삶은 반대개념이지만 동전의 양면과 같이 맞닿아있다. 죽음과 영원한 삶을 동시에 상징한다는 사이프러스 나무 사이를 걸으며 죽음과 삶의 관계를 다시 떠올려 보았다. 멀게만 느껴졌던 죽음의 얼굴을 사고로 마주 보는 순간 죽음이 아니라 삶이 무서워졌다. 삶이 끝날 뻔했다는 삶의 미련보다 아직 나의 삶은 시작조차 안 했을 수도 있다는 자각이 나의 마음을 헤집었다. 소설『보바리 부인』의 에마 보바리처럼 죽음의 순간에 역설적으로 삶을 가장 뚜렷하게 느꼈다. 생명의 극적인 상실이라는 죽음이 아닌 매일매일 생生을 허비하고 있는 수동적이고 무기력한 삶의 방식이 더 나를 초조하게 만들었다.

우리는 살아가고 있지만 동시에 죽어가고 있다. 영원성이 결여된 한계를 지닌 인간의 삶은 언젠가 소멸하기 마련이다. 우리는 많은 것을 얻는 데 집중하지만 어쩌면 상실의 과정 속에서 잘 잃는 것 또한 중요하다. 잘 잃어가는 것. 잘 소멸하는 것. 잘 산다는 것은 잘 죽는 것과 같은 의미이다.

죽음에 대한 상념은 아등바등 살다 보면 잠시 잊혀지지만 혼자만의 공간이나 시간에 머무를 때면 그때야 갑자기 들리기 시작하는 시계 소리같이 홀연히 나타나 시계추처럼 내 마음을 흔들었다. 나는 누구인지. 나의 시간은 어떻게 흘러왔고 나 자신과는 그동안 얼마나 만나고 대화하고 있었는지. 내가 과연 나를 아끼고 사랑하고 있었는지. 나는 죽음을 당당히 마주할 수 있을 정도로 삶을 정직하게 대하고 있었을까? 그럼 앞으로의 삶은 바람직한 태도를 꾸준히 유지하며 살아갈 수 있을까?

죽음은 오히려 삶을 풍요롭게 하고 다른 시각에서 삶을 바라볼 수 있도록 도와주었다. 기적과도 같은 생의 연장이 때론 무뎌지고 익숙해져 일상이 되더라도 불쑥불쑥 그 날의 기억이 삶의 궤도를 찾는데 큰 나침반이 되어준다. 죽음을 떠올리는 행위는 삶을 성찰하는 모습이다. 그렇게 나는 이슬람의 마지막 유적지에서 삶의 마지막을 그려보며 지금의 삶을 돌이켜 보았다. 상실의 공간에서 더 이상 삶의 본질을 상실하지 말자고 다짐했다.

"내면의 그림을 마음속에 명확히 그리고 지울 수 없게 각인시켜라.
이 그림을 끈질기게 간직하라. 절대 희미해지도록 내버려두지 마라."

– 노먼 빈센트 필

그라나다의 밤

스페인의 시인 프란시스코 데 이카자는 “그라나다에서 맹인이 되는 것보다 더 잔인한 인생은 없다.”라고 시詩로 그라나다의 아름다움을 찬양했다. 그라나다의 아름다움은 해 질 녘에 시작된다. 하루가 저무는 마지막 시간에 그라나다의 아름다움은 조용히 피어난다. 그라나다 대성당 주변에서는 다양한 거리 공연이 펼쳐지고 무료 타파스를 제공하는 그라나다의 바에서는 영업 준비로 분주하다. 라르가 광장에서는 과일 노점이 그날의 장사를 정리하고 카페는 불을 밝힌다.

알바이신 언덕에는 알함브라 궁전의 전경을 보기 위해 전망대로 오르는 투어 차량이 관광객들을 실어 나르고 퇴근하는 청년들의 오토바이가 큰 소리로 골목을 가르며 지나다닌다. 그라나다 최초의 모스크인 메스키타 데 그라나다에서는 기도시간을 알리기 시작하고, 산니콜라스 성당에는 종소리가 울려 퍼진다.

알바이신의 산니콜라스 광장에 오르면 조명 빛에 비로소 붉어지는 붉은 궁전 알함브라 궁전의 모습을 바라볼 수 있다. 알함브라 궁전 뒤로 시에라네바다 산맥이 궁전의 모습을 더욱 아름답게 받쳐주는 모습이다.

플라멩코(flamenco)

알함브라 궁전에 붉은 조명이 켜지면 그라나다의 동굴에서도 붉은 빛이 켜진다. 그곳에서는 집시 무용수들의 플라멩코 공연이 펼쳐진다. 보통은 세비야에서 플라멩코를 많이 감상하지만, 그라나다도 플라멩코의 고장이다. 스페인 플라멩코의 거장인 엔리케 모렌테의 집도 그라나다에서 만날 수 있다. 플라멩코는 스페인 남부 안달루시아 지방의 전통적인 민요와 무용, 그리고 기타 연주가 혼합된 민족예술이다. 플라멩코라는 이름은 '불꽃', '열정'을 뜻하는 '플라마Flama'에서 유래했다는 설이 가장 유력하다.

이름대로 불꽃이 튀듯 무용수인 바일레Vaile들의 발이 빠르게 무대를 두드리고 그 빠른 리듬 속에 그들의 애잔한 감정을 농염하게 분출한다. 신나는 박자를 타고 슬프게 흐르는 칸테Cante, 가수의 노랫소리가 처연하다. 사파테아드구두 소리, 팔마손뼉치는 소리, 피트손가락 튕기는 소리가 조화롭게 뒤엉켜 분위기를 한껏 고조시키면 관중의 할레오장단을 맞추어 지르는 소리가 그 흥을 더한다. 열광적인 분위기에 동굴 안이 달아오른다.

플라멩코는 춤추지 않고는 도저히 견딜 수 없는 감정으로 추는 것이라고 집시들은 말한다. 그 감정은 '두엔데duende'다. 우리나라의 '한恨'과 같이 외국어로는 정확하게 표현하기 힘든 감정이다. '버림받아 절망적인 감정의 상태'로 표현되곤 한다. 그 한을 토해내듯 칸테의 목은 핏줄을 선명하게 드러냈고 절규하는 듯한 목소리는 슬픔을 쏟아냈다.

무대 위, 무용수의 발만 바쁜 게 아니다. 플라멩코 기타 연주자인 기타라Guitara의 손도 바쁘다. 손가락이 플라멩코를 추듯 기타 줄을 속사포처럼 누르고 빨간 치마가 휘날리듯 기타 줄을 튕기는 손목도 매우 힘차다. 집시의 회한과 슬픔을 이해할 수 없지만, 우울한 감정이 지배하는 나의 마음을 위로하기에 충분했다. 나도 조심스럽게 관객들과 함께 "올라!"를 외치며 그들의 공연에 화답했다. 들꽃 같은 삶을 사는 집시들이 불꽃같이 분출하는 감정에 나도 어느새 동화되어 말라버린 마음을 농익은 목소리와 농염한 춤사위 그리고 정열적인 음악에 태우는 시간을 보냈다.

론다

과달레빈Guadalevin강이 흐르는 엘 타호 협곡. 깊이가 120m나 되는 엘 타호 협곡을 잇는 누에보Nuevo 다리가 절경을 이루는 도시 론다. 현대 투우의 발상지인 이곳에서 유명한 투우장을 구경하고 전망대에서 누에보 다리를 바라보기 위해 다리 양쪽에 구시가지와 신시가지를 잠깐 걷는 것만으로도 충분히 매력적이다. 스페인 내전의 민간인 학살을 고발한 헤밍웨이의 작품 『누구를 위하여 종은 울리나』의 무대가 바로 이 론다다. 릴케와 어니스트 헤밍웨이가 극찬한 도시다.

협곡에서 내려와 평원을 걸었다. 관광객들로 번잡한 위와는 달리 다리 아래는 안달루시아의 아늑한 풍경들이 펼쳐져 있다. 감옥으로 쓰이기도 했고, 내전 당시 파시스트들을 다리 아래로 던졌다는 우울한 역사를 잊은 듯 참 평화롭다. 풀이 우거진 언덕에는 말이 달리고 작은 마을에 사는 사람들은 정겹게 인사한다.

평원에서 올라와 펠리페 5세의 문에서 바라본 하얀 마을 '푸에블로 블랑코스Pueblo Blancos'의 풍경은 정말 아름답다. 옛 스페인의 모습을 가장 잘 간직하고 있다는 론다에서 미로 같은 골목을 걸었다. 하얀 가옥을 지나다가 광장을 만나고 다시 골목으로 들어가 마을을 서성였다. 딱히 볼 것은 없어도 눈앞에 마을이 보이면 발걸음을 옮겨 소박하고 고요한 골목을 조용히 걷는 재미가 론다에 가득했다.

네르하 & 프리힐리아나

그라나다에서 매일같이 한가로운 시간을 보냈지만, 오늘은 바쁘게 돌아다니기로 했다. 내가 묵었던 M의 집에 귀한 손님이 오면서 쓰던 방을 잠시 비워야 했다. 작은 마을을 둘러보기로 하고 버스를 타고 고급스러운 바다마을로 떠났다.

'유럽의 발코니'가 있는 네르하. 유럽의 발코니 옆으로는 깔라온다 해변과 엘 살론 해변이 있다. 이 작은 해안가에서 까만 돌 위로 수영을 하거나 하얀 모래 위에 누워 늦여름의 지중해 태양을 즐기는 휴양객들이 참으로 여유롭다. 발코니 앞으로는 푸른 바다가 햇살에 은빛으로 빛나고 있었다. 스페인이 아닌 듯한 해변가 풍경을 바라보며 살랑대는 바람을 맞으니 여행의 설렘이 다시 살아난다.

지중해 동쪽에는 그리스 산토리니가 있다면 지중해 서쪽에는 '프리힐리아나'라는 하얀 마을이 있다. 하얀 골목에는 작은 돌들이 아름다운 무늬를 그리고 있는 돌길이 있어 발걸음도 가볍다. 하얀 도화지 위에 형형색색의 물감을 섬세한 터치로 살짝 뿌린 듯 꽃과 장식물들이 골목을 다채롭고 세세하게 꾸미고 있는 마을이다. 봐야 될 건축물도

없고 꼭 먹어야 할 지역 음식도 없다. 가벼운 마음으로 골목을 거닐며 아기자기한 집 앞에서 사진을 찍고 마을을 구경하는 일이 전부다. 지도도 필요 없다. 그래서 몸도 마음도 가볍다. 가볍게 여행하라고 가볍게 살아가라고. 목표에 눈이 멀어 목표만을 바라보지 말고 가끔 주변의 세세한 아름다움을 바라보는 여유를 가지라고 이 작은 마을은 말하고 있었다.

종착역

알헤시라스

모로코로 가기 전, 알헤시라스를 가기 위해 12시 45분 기차에 올랐다. 론다에 도착하니 비가 쏟아지기 시작한다. 그럼에도 하늘은 맑았다. 많은 사람들이 론다역에 내린다. 그러면서 나를 주시한다. 동양인이 론다에서 내리지 않으니 신기하게 바라보고 있었다. 나는 알헤시라스행 열차 종점으로 향한다. 시선들을 피해 무심하게 창밖을 바라보았다.

달리는 기차 밖에 풍경은 내 모습과 많이 닮아 있었다. 새로운 곳을 향한다는 기분은 설렘으로 맑은데 마음은 심하게 요동치고 있었다. 비록 여행을 6개월 동안 하고 있지만, 그라나다에 비교적 오래 머물렀기 때문일까? 다시 떠나는 게 두려웠다. 그라나다에서 좋은 사람들과 좋은 시간을 보내면서 나는 여유를 느꼈다기보다는 안정을 느끼고 있었던 것 같았다. 안정이 떠나니 불안이 그 자리를 메우고 있었다. 매일 이별하는 여행을 하고 있지만 좀처럼 익숙해지지 않는 헤어짐이 이번에도 문제였다. 아쉬움은 두려움이 되어 어느새 내 머리 위에 내리고 있었다.

아무런 정보도 없이 시속 150km로 달려가는 기차 안에서 나는 두려움과 불안을 애써 억눌러야 했다. 150km/h로 날아가는 야구공처럼 날아가는 이 여행에서 앞으로 나에게 어떤 일이 펼쳐질지 아무도 모른다. 스트라이크가 될지, 볼이 될지 혹은 파울이 될지, 안타나 홈런이 될지 알 수 없다. 포수의 글러브를 벗어나 경기장 뒤로 내팽개쳐질 수도 있다.

비바람에 흔들리는 올리브 나무가 점점 멀어지고 있다. 가지는 흔들려도 기둥은 온전하다. 더욱이 나무의 뿌리는 비바람에 전혀 반응하지 않는다. 마음의 가지치기를 시작했다. 뿌리 같은 사람이 되자고, 뿌리를 깊게 내린 사람이 되자고. 마음의 불안을 과감히 덜어내고 있으니 하늘도 맑게 개기 시작한다. 불안도 여행이겠지 하는 마음으로 종착역에 내렸다. 알베르 카뮈는 말했다. 여행을 가치 있게 만드는 것은 두려움이라고.

"눈이 하늘에서 내려오는 침묵이라면,
비는 하늘에서 떨어지는 끝없이 긴 문장들인지도 모른다."

– 한강, 『희랍어 시간』

돼지들

작은 호텔에 도착하니 이곳은 유명한 여행지가 아니라 그런지 직원이 영어를 전혀 못 했다. 체크인을 하는 동안 내가 들은 영어는 “OK” 하나였다. 어설픈 스페인어를 더듬거리며 근처에 좋은 식당과 모로코로 가는 다양한 방법들을 대강 들을 수 있었다.

8할이 알아듣지 못하는 스페인어 설명 중에서 가장 내 관심을 끌었던 것은 타파스 바였다. 그곳에서 오늘은 알헤시라스 최고의 하몽말린 돼지고기을 싼 가격에 맛볼 수 있다고 했다. 상점에서 필요한 물품을 사고 모로코에서 쓸 비용을 은행에서 인출한 뒤, 숙소도 들리지 않고 바로 그곳으로 향했다. 스페인에서 내 식욕은 최고조에 달해 있었다. 스페인 최고라는 가정식 빠에야와 발렌시아의 물이라는 뜻의 ‘Agua de Valencia’를 맛보기 위해 예정에 없던 발렌시아에 2박 3일간 머물렀다. 그라나다에서는 B의 이탈리안 요리와 M의 한식이 참 좋았다.

나이가 지긋한 웨이터가 이 돼지를 야외 테이블로 안내했다. 내 의자를 뒤로 빼주면서 오늘은 아주 좋은 하몽이 들어왔다는 말을 건넨다. 메뉴판을 나에게 주지 않고 품에 꼭 안은 채로 안경 너머 내 눈을 바라보는 모습을 보니 나에게는 선택권이 없는 듯했다. 멜론을 곁들인 하몽과 와인 한 잔을 주문했다.

잘 익은 멜론과 얇게 잘린 하몽이 테이블에 올려졌다. 내가 맛을 보자 미소를 띠며 어떠냐고 묻는다. 예의상 혀가 맛을 뇌로 전달하기 전에 맛있다는 표시로 포크가 들린 손의 엄지를 펼쳤다. 하지만 거짓 표현은 아니었다. 정말 맛있었다. 하몽을 많이 먹어보진 않았지만, 메뉴판의 가격을 확인하지 않고 주문한 게 두려울 정도로 훌륭한 맛이었다.

웨이터는 돼지가 하부고 산의 도토리를 먹으며 행복하게 자랐기 때문에 맛있을 수밖에 없다는 설명을 해주었다. 말로만 듣던 '하몽 이베리코 데 하부고'다. 망했다는 생각이 머리를 스친다. 하몽의 여러 등급 중에 제일 비싼 등급에 속한다. 의연한 척하며 가격을 확인했다.

다행히도 생각만큼 비싸지는 않았다. 경험 삼아 한번 먹어볼 만한 금액이었다. 안심이 된 나는 와인을 입안에서 굴리며 음미하듯 행복한 돼지라는 단어를 머릿속에서 굴려보았다.

배부른 돼지보다는 가난한 소크라테스가 되라는 말을 듣고 삐딱하게 배부른 소크라테스가 되겠다고 다짐했던 시절이 있었다. 결국 지금 나는 가난한 돼지가 되어 있다. 지금 이 나라도 돼지라고 불리고 있다. 'PIIGS'라는 단어는 유로존유로화 사용 17개 국가 가운데 유럽 경제위기를 맞으며 심각한 경제난을 겪고 있는 포르투갈Portugal, 이탈리아Italy, 아일랜드Ireland, 그리스Greece, 스페인Spain 유럽 5개국을 지칭한다. 아일랜드가 추가되기 전에는 'PIGS'로 불리며 유럽의 경제를 파탄으로 몰고 가는 돼지들로 많은 비난을 견뎌야 했다. 어쨌든 발음은 똑같으니 유럽의 경제를 축내는 탐욕스런 돼지들로 비아냥을 받고 있는 나라 중 하나다.

많은 이유가 있지만 내가 여행하고 있는 지역에서 그 원인을 찾자면 무리한 토목공사 때문이다. 말라가에서 알헤시라스까지 이어지는 해변지대는 '코스타 델 솔' 즉, 태양의 해변으로 불린다. 지중해 연안에 최고의 휴양지를 짓겠다는 목표하에 은행에서 과도한 빚을 지며 고급 호텔과 리조트를 짓기 위해 건설과 토목에 막대한 비용을 투자했다.

이곳은 이전에도 수백만 명의 유럽인들이 휴양을 즐기던 곳이었다. 많은 호텔과 별장이 이곳에 있었다. 개발 열풍이 불었던 탓에 자연과 어울리지 못한 난개발의 문제가 드러나고 있었다. 하지만 정부와 기업들은 이곳에 더 많은 관광객을 유치한다는 미명하에 무작정 돈을 차입해 마구잡이식으로 건물을 지었다.

그러다 경제위기가 덮치면서 수요보다 많아진 공급 탓에 빚이 불어나기 시작했다. 토목을 통해 잠깐 경기부양의 효과를 누렸지만 그 대가는 혹독했다. 국가 재정은 물론 건설 회사와 은행마저 부실해졌다. 지금은 막대한 실업률에 진통을 겪고 있다. 우리나라도 한때 온 국토를 토목 공사현장으로 만들어 버린 불도저 경기 부양 시절이 있었다. 하지만 당시의 무리한 토목 공사는 80년대와는 달리 약발 떨어진 경기부양책에 불과했다. 얻은 거 없이 빚과 비리만 늘어났다.

나는 돼지라고 불리는 나라를 돼지처럼 여행하며 말린 돼지를 먹고 있다. 알타 광장에 사람들은 가족들과 행복하게 저녁시간을 보내고 있다. 유럽을 오고 가는 컨테이너의 상당량을 담당하는 알헤시라스 컨테이너 터미널은 분주하다. 이 두 공간을 제외하고는 한적하고 조용하다. 나도 와인을 남겨 놓은 채 하루를 정리하러 숙소로 향했다.

정리해야 할 건 하루뿐만이 아니었다. 여행도, 인생도 정리해보고 싶었다. 하지만 왠지 오늘은 하루를 정리하는 일도 벅차게 느껴진다. 행복은 바로 감사하는 마음이라는 조셉 우드 크루치의 말을 생각하며 오늘을 감사하는 마음으로 되짚어 보았다. 그러다 보면 여행도 감사한 일이 되고 인생도 감사한 일이 되리라 생각했다. 하루하루 새로움을 마주하는 여행의 기쁨. 주어진 삶을 감사함으로 받아들이는 지혜는 모두 하루치의 감사에서 시작되기 때문이다.

"감사를 모르는 자는 도토리 나무 밑에서 도토리를 탐닉하면서도 도토리가 어디서 떨어지는지 모르는 돼지와 같다."

– 콘래드

지브롤터 해협
– 특이한 국경 넘기

**스페인에서 걸어서 영국,
배 타고 다시 스페인으로 건너가 걸어서 모로코로**

스페인에서 모로코로 가는 길을 조금 특별하게 만들어 보았다. 보통은 타리파에서 페리를 타고 탕헤르탄져로 간다. 하지만 나는 2일 동안 국경을 세 번 넘었다. 유럽을 여행하다 보면 하루에도 국경을 두세 개 넘는 일이야 흔하지만, 스페인에서 걸어서 영국을 갔다가 다시 스페인으로 돌아온 다음 걸어서 모로코로 가는 일정이었다. 선뜻 이해하기 힘든 여정이다. 좀 더 자세히 여행노트를 공개하자면, 알헤시라스에서 영국령인 지브롤터로 넘어가 대서양과 지중해가 맞닿아 있는 지브롤터 해협을 구경한 뒤 바다를 건너 모로코와 국경을 마주하고 있는 아프리카의 스페인령 세우타로 간다. 그다음, 걸어서 모로코로 넘어가는 일정이다. 지금 이 글을 읽으면서 느끼는 혼란만큼 역사 또한 복잡하다.

18세기 초 에스파냐 왕위 계승 전쟁이 일어난다. 에스파냐 왕국의 후계자가 없어 프랑스 루이 14세의 손자인 필리프 앙주를 왕위 계승자로 정하게 된다. 에스파냐와 프랑스의 통합을 두려워한 영국, 네덜란드, 오스트리아는 동맹을 맺고 전쟁을 선포한다. 이 전쟁의 결과로 필리프 앙주는 가까스로 에스파냐 브르봉 왕가의 초대 국왕 펠리페 5세가 되었지만, 영국의 함대가 지브롤터를 점령하면서 1713년 위트레흐트 조약을 맺게 된다. 이 조약으로 지금까지 스페인의 끝자락에 위치한 지브롤터는 영국령으로 남아 있다.

스페인은 아직도 지브롤터의 반환을 영국에 지속적으로 요청하고 있지만, 영국은 주민동의가 없이는 반환할 수 없다는 영국 헌법을 명분으로 거절하고 있다.

이곳은 해상교통의 중심지로 영국은 반환할 의사가 전혀 없다. 주민 투표에서 영국령에 남는 것으로 과반수가 찬성하였고, 지금은 자치정부가 구성되어 있다.

지브롤터의 면적은 여의도의 2/3, 종로구의 1/4정도 되는 지역으로 매우 작다. 하지만 이곳에는 공항도 있고 항구에는 군사적 요충지답게 군함과 잠수함이 있다. 그리고 그리스 신화의 영웅 헤라클레스에 관한 전설이 있다. 전설에 따르면 원래 유럽과 아프리카는 하나의 땅이었다. 헤라클레스는 게리온의 소를 훔치려고 마법의 배를 타고 이곳에 도착한다. 헤라클레스는 바위 사이에 좁은 틈을 손으로 벌려 바닷길을 열어 지브롤터 해협을 만든다. 그리고 이 바다 양쪽에 바위들을 세워 길목을 지키게 한다. 그 한쪽 기둥은 헤라클레스의 기둥이다. 지금은 바닷길을 영국이 지키고 있고 이곳에 우뚝 솟아있는 어퍼록 자연보호구역은 원숭이들이 지키고 있다.

그 건너편 북아프리카에는 스페인령인 세우타가 있다. 15세기에 대항해시대가 열리면서 아프리카 진출의 교두보 역할을 하게 된 이 도시는 1415년 포르투갈에 점령되었다. 이후 1580년 스페인이 포르투갈을 지배하면서 스페인에 속하게 되었고, 1640년 브라간사 왕가가 스페인으로부터 독립한 뒤에도 스페인령으로 남게 된다. 1688년 리스본 조약에 따라 정식으로 스페인의 영토가 되었다. 스페인은 제2차 세계대전 이후 보호령이었던 북아프리카의 영토 대부분을 되돌려주었으나, 세우타는 포기하지 않았다. 모로코는 1956년 3월 프랑스로부터 독립한 뒤 1975년 무렵부터 이 지역을 스페인이 영유하는 것은 식민시대의 유산이라며 반환을 강력히 주장했다. 스페인은 이 지역은 모로코가 국가로 형성되기 이전부터 스페인의 영토였다는 점을 내세워 반박하고 있다.

경계에 서다

다음날 세우타 항구에 내려 시내를 한 바퀴 도는 내내 경계에 대해 생각했다. 길이 58㎞. 너비 13~43㎞의 지브롤터 해협을 중심으로 바다는 지중해와 대서양으로 나뉘고 육지는 유럽과 아프리카로 나뉜다. 이 작은 곳에 스페인과 영국, 모로코가 복잡하게 얽혀있다.

지브롤터에서 느꼈지만 땅과 바다는 똑같은데 사람은 갈라져 있다. 여권이 있어야 영국령인 지브롤터로 갈 수 있고 길만 건넜을 뿐인데 모든 간판이 스페인어에서 영어로 바뀌어 있었다. 쓰는 언어가 달라지고 경찰의 복장도 다르다. 타파스와 샹그리아를 먹던 사람들이 피시앤칩스와 맥주를 마시고 있었다. 한쪽에서는 정부가 세금을 걷지 않았지만, 다리 건너 저쪽에서는 정부에 세금을 내지 않는 것이 불법이었다. 나는 지금 아프리카 대륙에 있지만 유럽국가인 스페인에 있기도 하다. 어색하고 복잡하다.

사회가 규정한 경계도 어색할 때가 있다. 성별이나 나이의 구분같이 비교적 명확한 구분법도 있지만, 영토와 계급같이 애매한 부분이 있는 경계도 있다. 이런 애매한 규정은 변화가 가능한 유동적인 특성 때문에 투쟁이 일어나기도 하고 갈등이 빚어지기도 한다. 구분하기 힘든 것을 편의에 따라 임의적으로 분류할수록 충돌은 더욱 잦아진다. 그만큼 무너지기도 쉬워 사회적 이득을 누리는 분류에 속하게 되면 그 경계를 분명히 하고 고착화시키기 위해 나머지 계층을 탄압하고 차별하기도 한다.

나는 얼마 전까지 사회에서 촉망받는 대기업 정규직 노동자였지만 지금은 사회적 잉여로 분류되는 실업자다. 직업이라는 한 가지 경계를 넘는 것만으로도 삶의 큰 변화가 닥쳐왔다. 나는 그대로인데 서는 쪽이 바뀌니 나를 대하는 시선과 태도도 극명하게 달라졌다.

존 레논과 그의 부인 오노 요코가 살았던 별장이 지브롤터에 있다. 그는 'Imagine'에서 분열과 반목이 없다면 이 땅에 평화가 올 거라고 노래했다. 지금 나는 어떤 경계에 서 있는가? 현재의 삶을 통해서 어떤 경계로 넘어가려 하는가? 그게 혹시 사회가 일방적으로 그어버린 경계를 답습하면서 내 안의 평화를 망치고 있지는 않은가 생각했다. 그렇게 나는 걸어서 세우타에서 모로코로 넘어갔다.

일요일에 국경을 넘는다는 것

일요일에 육로국경을 넘는 일은 그리 좋지 않다는 사실은 이미 알고 있었지만, 모로코 국경은 그 교훈을 다시 한 번 각인시키는 계기가 되었다. 스페인은 모로코의 스페인령인 멜리야와 세우타에 아프리카인들의 불법입국을 막기 위해 철조망과 헬리콥터를 동원해 경비를 강화하고 있다고 들었다. 하지만 예상보다 국경 넘기가 까다롭지 않았다. 오히려 너무 수월했다. 물론 모로코에서 스페인이 아닌 스페인에서 모로코로 들어가기 때문이었지만 하얀 벽을 따라 걸었을 뿐인데 바로 모로코였다.

다시 국경으로 들어갔다. 검문소를 내가 그냥 지나친 듯했다. 같은 유로국가였으면 신기해하며 그냥 다른 국가로 들어갔을 테지만 유럽에 생각보다 오래 머무르면서 180일 중에 90일 이상을 체류할 수 없는 쉥겐조약을 신경 쓸 수밖에 없었다. 쉥겐조약국을 잠시 벗어났다는 증거가 필요했을 뿐더러 모로코로 그냥 들어가는 건 밀입국이었다. 다시 들어가 검문소로 보이는 곳을 찾았다. 국경 경비대 휴게소 같은 허름한 곳에 문을 두드렸다. 신문을 보고 있던 남자가 나를 보더니 "쎄요도장?"이라고 스페인어로 묻는다. 그렇다고 하니 작은 입국 서류를 작성하라고 내밀고는 입국 도장을 찍어주었다.

큰일은 해결했지만 아까 국경을 그냥 넘으면서 잠깐 본 장면이 있었다. 마치 거대한 자동차 경주 대회에서 출발 신호를 기다리는 장면처럼 족히 100대가 넘어 보이는 택시가 나를 기다리고 있었다. 내가 국경을 넘으면 좀비 떼처럼 다가올 거라는 것은 너무나 분명했다.

국경을 넘는 사람들이 없었다. 젠장.

당연히 어수룩해 보이는 나는 모두의 관심을 받았다. 다행히 모두 나에게 접근하진 않았다. 영어를 할 줄 아는 사람들이 대표로 와서 흥정을 제안했다. 시세를 알아오지 않은 탓에 그들이 부르는 가격에서 무조건 끝에 0을 뺐다. 서로 어이없다는 표정을 주고받으며 흥정했다. 합의된 금액은 쉐프샤우엔으로 가는 버스를 탈 수 있는 테투안으로 5명을 채워서 가는 조건으로 20디르함이었다.

불행히도 일요일에 국경을 넘는 사람들이 거의 없었다. 아주 없는 것은 아니었다. 한 가족은 6명이라 나와는 동승이 불가능했고, 4명의 가족은 마라케시를 간다고 했다. 이게 약 한 시간 동안 국경을 넘은 사람의 전부였다.

알헤시라스 숙소에서 알아온 버스시간은 13시 45분, 그리고 16시 30분이었다. 더 이상 지체할 수 없었다. 모로코의 시외 택시인 그랑따시 기사가 무섭게 말을 건다. 합승을 하지 않고 혼자 가면 100디르함이라고. 슬쩍 쉐프샤우엔까지는 얼마냐고 물어봤다. 700디르함이라 대답했다. 사실 합리적인 금액은 몰랐지만 사기 치지 말라며 펄쩍 뛰었다. 여기서 4시까지 기다릴 거라고, 4명은 찾을 수 있다고 근거 없는 자신감을 드러냈다.

모로코 태양은 이곳이 아프리카라는 점을 상기시키고 싶어하는 듯 무척이나 더웠다. 택시가 만들어 놓은 작은 그늘에 앉았다. 순간 수많은 그랑딱시가 눈에 보인다. 시장논리에 따르면 공급은 100이 넘는데 수요는 1이다. 공급과잉이다. 생각해보니 내가 갑이었다.

자신감을 갖고 영어를 할 줄 아는 기사들을 다시 불러 모았다. 입찰을 시작했다. 공개입찰로 적정가격을 파악했다. 택시기사들은 400~500 사이의 가격으로 암묵적 담합을 하는 중인 듯했다. 나는 300을 제안했고 갈 수 있는 기사는 손을 들라고 했다. 몇 명이 돌아서는 걸 보니 말이 안 되는 가격 같았다. 한 사람이 내 손을 잡고는 뜨거워진 택시 뒤로 끌고 간다. 350디르함에 가는 대신 가는 길에 손님이 있으면 합승을 할 거라 했다.

나는 조건을 붙였다.

① 돌아가지 않고 가는 길에서만 사람을 태울 것.

② 쉐프샤우엔으로 가는 손님만 태울 것.

고개를 끄덕이며 그가 지은 간절한 표정은 더 협상을 진행하고픈 마음을 사라지게 만들었다. 손을 맞잡고 거래를 성사시켰다.

택시를 타고 가는 길. 기사는 간간이 합승을 시도했다. 하지만 일부러 돌아가지 않고 국도 위에 서 있는 사람이 있으면 차를 세워 묻는 정도였다. 산을 넘어가는 굽잇길로 들어서자 기사의 표정이 어둡다. 연신 담배만 피워댄다. 산불이 나 연기가 자욱한 곳을 들어서자 그때야 담배를 껐다.

오후 4시, 쉐프샤우엔에 도착했다. 구시가지 앞에 세워줘도 괜찮았지만, 기사는 길을 물어물어 메디나 앞에 위치한 숙소 근처까지 태워다 주었다. 400디르함을 건넸다. 50디르함은 되돌려 받지 않았다. 꼼수를 부리는 대신 혼자 속앓이를 하며 신의를 지켜준 대가로 고마움을 표현하고 싶었다.

하늘을 닮은 여유로움

쉐프샤우엔

맑은 하늘이 땅에 내려앉은 듯한 도시. 하늘색 마을은 더운 날씨에도 불구하고 시원한 느낌이다. 어렸을 때 먹었던 캔디바가 생각난다. 숙소 주인이 따라주는 박하차의 향이 상쾌한 기분을 더한다.

15세기 말, 그라나다에서 대규모의 무슬림과 유대인들이 기독교의 박해를 피해 이주해오면서 이 도시는 번성하기 시작했다. 건물들이 옅은 파란색으로 옷을 입은 건 1930년대에 건너온 유대인 이주자들의 작품이다. 가장 쉽게 구할 수 있는 염료로 색을 칠했을 뿐인데 지금은 모로코에서 가장 예쁜 마을로 꼽히고 있다. 베르베르어로 쉐프샤우엔은 '뿔들을 보라'는 뜻이지만 지금은 여행객들이 언덕에 올라 뿔 위에서 이 푸른 마을을 바라보고 있다.

쉐프샤우엔은 인디고 블루 색상만 있는 것은 아니다. 지붕은 주홍색의 테라코타 기와로 덮여 있고, 구시가지인 메디나에는 이슬람 대사원과 붉은빛의 성채 카스바가 오랜 세월 자리를 지키고 있다. 이 도시는 푸른 산이 둘러싸고 있다. 골목에는 화려한 색을 자랑하는 카펫들이 걸려있다.

인디고 블루와 흰색이 조화를 이루어 시원한 색채의 마을에는 여유로움이 가득하다. 골목마다 고양이가 한가로이 누워있고 아이들은 좁을 골목에서 축구를 한다. 젤라바를 입은 노인들이 좁은 그늘에 앉아 느긋하고 나른하게 시간을 보내고 있었다.

나도 이곳을 느릿느릿 서성였다. 일정이 여유로운 건 아니었다. 그럼에도 불구하고 모든 골목에 발자국을 남겨야 한다는 억지스런 목표를 세우고는 마음껏 시간에 여유를 주입하는 역설적인 여행을 했다. 모로코에서 흔하게 여행을 망치는 호객꾼들과 삐뚤어진 마음으로 관광객들에게 시비를 거는 아이들도 나는 만나지 못했다. 가끔 하빠마약를 외치는 이빨 빠진 남자들이 나를 귀찮게 했지만 무시하면 그만이었다. 이 도시에서는 운이 좋았다. 불운마저 느긋하게 나를 내버려두고 있었다.

혼돈

📍 페스

모로코에서 페스의 구시가지 메디나에는 9,000개의 골목이 있다고 B는 말했다. 그라나다에서 만나 한동안 같이 시간을 보내다 일정이 달라 부득이하게 헤어진 뒤, 나는 이곳에서 그를 다시 만났다. 페스의 밤은 어두움이 짙게 묻어 있었고, 내 마음에는 두려움이 짙게 묻어 있었다. 어두운 밤 버스에서 내려 숙소로 가기 위해 잡은 택시 기사들은 관광객인 나에게 두 배의 요금을 받기 위해 혈안이 되어 있었고, 어렵게 잡은 택시에서 내리니 한 사내가 내가 가려는 숙소의 직원이라며 사기를 치고 있었다.

다음 날, 겁먹은 어린아이의 마음으로 메디나 입구이자 블루 게이트라고 불리는 바브 부 젤루드 앞에 도착했다. 800년경 건설된 이슬람의 도시는 1200년 동안 한순간도 멈추지 않고 치열하게 살았다고 들었는데 문 앞에 카페에는 한창 경제활동을 해야 할 남성들이 박하차를 시켜놓고 1200년 동안 살 사람처럼 무의미하게 하루를 낭비하고 있었다. 중세시대 유럽이 문명의 암흑기를 보내고 있을 때 이곳은 중세 이슬람 지성을 꽃피우고 있었다. 많은 학자들이 이베리아 반도로 넘어가 잠든 유럽을 깨우고 세계의 지성 혁명을 불러일으켰다. 이제는 다시 돌아와 이곳을 깨워야 할 듯했다.

문을 통과해 '오래된 페스'를 뜻하는 '페스 엘 발리'로 들어섰다. 바깥과는 전혀 다른 모습이다. 두 개의 화려한 미나렛 사이로 치열한 삶의 모습들이 뜨겁게 골목을 데우고 있었다. 좁은 골목에는 사람들이 가득했다. 먼저 이곳을 헤맸던 B가 길을 안내함에도 불구하고 골목의 첫인상은 경이로운 충격이었다. 사람 사이를 겨우 비집고 다니면 "발렉! 발렉!" 고함을 친다. 짐을 가득 짊어진 노새가 지나가니 비키라는 소리다. 관광객을 귀찮아하며 성내는 사람들도 있고, 미소를 지으며 다가와 사기 치는 사람도 있다. B에게 발을 걸더니 도망치는 아이들도 있었다. 정신 사나운 길을 걸으며 정신을 잃기 일쑤였다. 다행히 B가 함께 걷고 있어 작은 위안이 되었다.

인생과 닮은 페스의 메디나

9,000개나 된다는 골목은 매우 복잡한 미로였다. 길을 잃고 헤매는 것이 여행의 재미라고는 하지만 이곳에서는 마치 삶의 방향을 잃은 것처럼 큰 두려움이 밀려왔다. 가히 삶과 닮아있는 골목이었다. 삶도 복잡하다. 미로다. 그 길이 그 길 같다. 길이 무한히 이어지며 서로 만나기도 하고 다른 길을 만들어 내기도 한다. 길이라고 믿었던 곳은 막혀 있기 일쑤다. 막힌 길에는 길을 알려주겠다며 돈을 요구하는 사기꾼들을 만난다.

인생도 그렇다. 익숙한 듯 낯선 길을 걷는 인생은 꽤나 불안하다. 맞다고 생각하며 최면을 걸고 간 길은 막혀 있거나 기대와는 전혀 다른 길로 이어지기도 한다. 이곳에도 그리고 삶에도 지도는 없을뿐더러 만드는 일도 불가능하다. 믿고 간 길에서 길을 잃어 당황하고 좌절할 때 정답을 알려주겠다며 달콤한 목소리로 누군가 접근한다. 친근하게 다가와 어리숙한 나의 불안을 이용해 돈을 뜯어가는 사람들을 종종 마주친다. 불안하고 초조하게 만든 다음 우리를 이해하고 배려하는 척하며 제품이나 서비스를 비싸게 파는 사람들이 있듯이 말이다.

많은 길이 있는 만큼 다양한 삶의 모습들이 있었다. 골목을 거니는 사람들은 골목을 장식하고 있는 양탄자와 그릇의 색깔만큼 다채롭다. 같은 아랍 여성이라도 옷차림이 각각 다르다. 차도르로 온몸을 가린 중년의 여성, 아이의 손을 이끌면서 골목을 헤집고 다니는 히잡을 쓴 젊은 엄마, 머리카락과 얼굴을 시원하게 드러낸 젊은 아가씨들, 그 사이를 가벼운 복장으로 헤매는 푸른 눈과 하얀색 피부를 가진 백인 여성들이 한데 어울려 골목 사이사이를 빽빽하게 메우고 있다. 같은 장사꾼이라도 파는 물건이 다양하다. 생필품을 포함해 보석과 도자기, 가죽 제품, 금속 제품, 향료, 약재, 양탄자, 담배, 셀 수 없이 다양한 음식 등 좁은 골목을 메우고 있는 물건들의 종류도 9,000개가 넘어 보였다.

인생은 타이밍이기도 하다. 페스의 가죽공장인 테너리는 6개월간 진행될 공사로 무두질을 멈추었다. 여행사진에 흔하게 등장하고 KBS '걸어서 세계속으로'의 시작 화면을 담당하는 슈아라 테너리를 꼭 보고 싶었지만 허락되지 않았다. 노동이 멈춘 곳에서는 악명 높은 악취도 사라지고 없었다. 공기마저 사라진 듯한 공간을 허무함이 채우고 있었다. 나도 무척 아쉬웠지만 여행을 업으로 삼고 있는 B는 10년 동안 기다렸음에도 불과 일주일이라는 시간 차이로 기회를 놓쳤다. 기대를 품고 왔지만 우리를 기다린 건 세계 최악이라는 호객꾼과 시비 거는 아이들, 소매치기와 상인들의 예의 모르는 손길이었다.

길을 잃어야 인생을 알 수 있다. B는 혼자 길을 걸어보라고 제안했다. 길을 잃어야 페스의 메디나를 이해할 수 있다고, 길을 잃어봐야 페스를 진정 여행한 거라며 길을 한번 잃어보길 권유했다. 인생도 길을 잃었을 때 그 깊이를 깨달을 수 있듯이 여행도 길을 잃었을 때 숨은 재미를 찾을 수 있다. 그럼에도 나는 거절했다. 길잡이 없는 외롭고 고단한 인생에 이미 신물이 나 있는데 여행에서조차 그러고 싶지 않았다. 여행에서라도 좀 편하고 싶었다. 마음 편히 앞선 자의 발자국을 따라가며 최대한 위험을 피하는 편의를 누리고 싶었다. 이런 마음을 알았는지 B도 두 번 권하지는 않았다. 그를 따라 시장과 모스크를 기웃거렸다.

그의 뒷모습을 보며 내 미래의 모습을 꿈꿔본다. 청춘이 인생의 길을 물을 때 헛된 충고나 조언을 늘어놓지 않고 나도 잘 모르지만, 함께 가지 않겠냐고, 나도 서툴고 어설프지만 같이 걸어가 보자고 말해주는 인생 선배의 모습 같았다. 나도 B 같은 모습을 지니자고 그의 걸음을 조용히 뒤따라갔다.

그의 뒷모습을 수시로 확인하며 골목을 배회하는 시간이 길어지자 충격은 점차 가시고 골목의 매력이 드러나기 시작했다. 그의 도움으로 편하게 거닐어서가 아니다. 이 골목은 학벌도 재산도 외모도 중요하지 않다. 얼마나 길을 잃었느냐는 정직한 경험의 기준에 따라 그 매력을 서서히 드러내고 있었다. 좌절과 성찰이 겹겹이 쌓인 내공의 두께가 곧 능력이 된다. 인생도 이러하다 생각하니 위로가 되었다. 복잡한 미로는 사회적 지위가 아닌 삶의 경험과 고민에서 자신의 가치가 드러난다고 말해주고 있었다. 불편하고 불친절한 길을 걷고 있다 하더라도 천천히 길을 되짚어보고 고민하며 나만의 길을 만드는 일이 값진 경험으로 다가온다. 유명한 곳을 잇는 획일화된 코스를 걷는 것도 좋지만 길을 잃으며 만나는 소소한 장면들이 모여 나의 고유한 길을 만든다는 점이 골목의 매력이다. 골목은 어설픈 청춘에게 따뜻한 위로를 건네주었다.

—— 괜찮아. 이곳에선 모두가 길을 잃어.

살아 있는 사막 그리고 별 헤는 밤

메르주가 – 사하라 사막

사막은 흔히 죽은 땅이라 불리지만 나에게 사하라는 살아 움직이는 땅이었다. 첫인상은 바다와 같았다. 사하라 사막투어에 참가해 낙타를 타고 사막을 거니는 기분은 작은 배를 타고 넘실대는 파도에 부딪혀 가며 바다를 항해하는 기분이었다. 뱃멀미 대신 허리와 엉덩이에 통증이 나를 괴롭히긴 했지만, 노을이 지며 붉어진 사하라 사막을 지나는 기분은 황홀했다. 타진과 홉스모로코 전통 빵를 먹고 밝게 빛나는 별 소나기 아래서 베르베르인의 음악을 듣는 경험은 사하라 사막을 찾는 여행자의 기대를 정확히 충족시켜 주었다. 사하라 사막에서 쏟아지는 별들을 바라보며 하룻밤을 보내는 일은 잊지 못할 추억을 선물했다.

머무는 곳에 집착하지 않는 모래가 가득 쌓인 언덕은 수시로 모습을 바꿔가며 다른 풍경을 연출하고 있었다. 매일매일 달라지는 모래언덕의 모습을 바라보며 하루를 보냈다. 정착하지 못하고 품지 못하는 삶이라 하더라도 그만의 매력이 있다며 사하라가 나에게 건네는 위로에 취해 생명의 조건과 삶의 조건을 비교하다 보면 하루가 금방 지났다. 파랗던 하늘이 잠시 붉어지고 금세 검게 변하면 뜨겁던 공기는 어느새 그 온도를 비우고 별을 띄운다. 수평을 바라보던 눈을 수직으로 세워 별을 바라보곤 했다. 별 사이를 스치며 떨어지는 별똥별을 손가락이 모자랄 때까지 헤다가 잠이 들곤 했다. 사막 특유의 생동감이 나는 꽤 좋았다.

별은 시간을 확장시킨다. 지금 머리 위에 밝게 빛나는 별빛은 수백만 년 전에 어쩌면 인간이 직립보행을 하기도 전에 탄생한 빛일지도 모른다는 사실이 참 흥미롭다. 보이지 않는다 해서 존재하지 않는 게 아니듯 보인다 해서 존재하는 것이 아닐 수도 있다. 오랜 세월을 지나 살포시 내려앉은 별빛을 맞으며 잠드는 일은 현대 인류가 잃어버린 행복일지도 모른다. 잊어버려 잃어버린 행복을 되찾아 잠을 청하는 일은 매일 반복돼도 지겹지 않았다.

"우리 가슴 속에 있는 별에 다가가지도 못하면서
멀리 있는 별을 찾아가는 게 무슨 의미가 있을까?"

– 베르나르 베르베르, 『파피용』

하루는 같은 숙소에 묵는 한국인 여행자들과 별을 바라보았다. 한국에서는 쉽게 볼 수 없는 별똥별을 보며 소원을 빌었다. 사막이라고 해서 별이 우수수 쏟아지는 것은 아니라 하늘을 잘 관찰해야 했다. 1분에 한 번꼴로 떨어지긴 했지만 1분은 꽤 긴 시간처럼 느껴졌다. 덕분에 우리가 가장 많이 빈 소원은 "어!"였다. 워낙 순식간에 떨어지는 탓에 소원을 빌 시간이 허락되지 않았다. 소원을 한 글자로 줄여야 했다. 그 숙제는 어렵지 않았다. 떨어지는 별을 볼 때마다 "돈!"이라고 외치면 됐다.

돈을 열 번쯤 외쳤을까? 알 수 없는 허무감이 밀어닥쳤다. 윤동주 시인은 별 하나에 추억과 별 하나에 사랑과 별 하나에 쓸쓸함과 별 하나에 동경과 별 하나에 시와 별 하나에 어머니, 어머니. 이렇게 별 하나에 아름다운 말 한마디씩 불렀지만 나는 "돈! 돈! 돈!" 하고 있는 꼬락서니가 참으로 한심하고 민망했다.

"Said no more counting dollars. We'll be counting stars.
Yeah we'll be counting stars"
(더 이상 돈은 안 세. 우리는 별을 셀 거야. 그래, 우리는 별을 셀 거야.)

–OneRepublic 〈Counting Stars〉

옆에서 같이 별을 보던 여행자는 돈을 외치는 짓을 이미 한참 전에 멈춘 상태였다. 우리는 '돈' 대신 '꿈'을 조심히 이야기하기 시작했다. 서로 현실과 이상 사이의 괴리를 토해냈다. 막막함이 사막에 흘러내리자 되려 가슴이 시원해진다.

우리는 하나의 별이 되고자 하지만 우리는 사실 별이 아닐 수도 있다. 별은 가장 어두운 시간에 가장 밝게 보이고, 죽는 순간 가장 밝게 빛난다. 각자의 마음속에서 빛나는 별에 한 점 부끄러움 없기를, 별을 노래하는 마음으로 모든 죽어가는 것들을 사랑하기를.

미래가 흐릿하고 암울해 불안하고 두려워도
도망치지 말자고, 너무 쉽게 포기하며 놓아버리지는 말자고
떨어지는 별똥별이라 하더라고 가장 밝게 빛나보자고 다짐했다.

우리가 사는 세상이 밤하늘이라면,
내가 별똥별이라면,
밝게 빛나는 모습으로 어둠 속을 미끄러지듯 날아가리라.
내가 담당해야 할 역할이 별을 빛나게 하는 어둠이어야 한다면
좀 더 어두워지리라. 별들의 세계에서 어둠은 또 다른 별일 테니까

"자기 안에 카오스를 지녀야만 춤추는 별 하나를 낳을 수 있다."
– 프리드리히 니체

씌인 날

📍 마라케시

마라케시의 대표적인 광장 제마 엘 프나에는 모든 사람들이 귀신이 씌인 듯했다. 광장으로 향하는 메디나에서부터 냄새와 소음이 나를 괴롭혔다. 호객꾼들과 다양한 행색의 부랑자들이 "곤니찌와!"라고 인사하며 나를 반긴다. 호객꾼은 마사지나 투어상품을, 부랑자들은 나에게 마약을 권한다.

붉은 도시라는 뜻을 가진 마라케시답게 붉은 건물들이 광장을 둘러싸고 있었다. 낮에는 오렌지 주스를 파는 상점들과 천막 아래 물건을 파는 상인들이 길게 늘어서 있었는데 밤이 되니 음식을 파는 천막들이 광장의 절반을 차지하고는 연기를 자욱하게 내뿜고 있었다. 그 주위로는 특이하다 못해 광기 어린 행동으로 공연을 펼치는 재주꾼들이 사람들의 시선을 사로잡고 있었다. 모로코의 집시로 보이는 사람들이 이해할 수 없는 공연을 펼치기도 한다. 히카야트구연를 하는

이야기꾼, 뱀 장수, 길거리 공연인 할카halqa를 하는 공연꾼과 마술사, 고리 던지기를 하는 서커스 단원, 야바위꾼, 광인들도 한 자리씩 차지하고 있다. 광장 한편에는 규칙이 애매한 권투시합도 벌어지고 있었다. 그 맞은편에는 뱀과 원숭이들이 재주를 부리고 있다. 수많은 군중들이 모여 혼을 쏙 빼놓고 있었다.

카페 옥상에 앉아 탄산음료를 한 병 마시며 군상의 모습을 바라보니 '광란이라는 단어를 시각적으로 표현하면 이런 모습이겠구나.' 하는 생각이 든다. 책에서는 생기발랄한 도시라고 마라케시를 표현했는데 생기발랄은 이런 모습이 아니다. 소란, 혼란, 광란이라는 단어로도 이 도시의 귀신이 씌인 듯한 분위기를 적확하게 표현하기는 불가능해 보였다. 이상한 종교의 광신도 집회라고 생각하면 아마 비슷한 그림이 그려질 게다.

살다 보면 가끔 귀신이 씌인 날이 있다. 오늘 나도 이 광장에서 귀신 씌인 듯한 경험을 했다. 사실 이상증세는 이곳에 오기 전부터 조짐을 보이고 있었다. 사하라 사막에서 모래언덕에 올라 일몰을 보고 내려오는 길. 돌이켜보면 내가 왜 그랬는지 모르겠지만, 모로코 아이들과 언덕을 뛰어 내려오는 장난을 치다가 카메라를 잃어버렸다. 이상하게도 카메라를 잃어버렸다는 자괴감이 들지 않았다. 어차피 사진에 큰 애착을 갖고 있지도 않았고, 어린 왕자가 있었던 사하라 사막에 내 추억을 묻고 가는 것도 나쁘지 않다는 생각이 들었다. 비행사가 사하라 사막에 불시착하면서 어린 왕자를 만났듯이 나도 이곳에 내 이야기 하나 묻고 가는 것도 꽤 멋진 일이라고 생각했다. 여행의 조각들을 거대한 사막에 묻었다는 생각에 아쉽지 않았다. 분명 무언가에 홀린 거다. 결국, 다음 날 아침 사하라 사막을 뒤져 카메라를 찾았다. 사막에서 바늘 찾기는 불가능하다고 했지만 작은 카메라 찾는 것은 가능한 일이었다.

6시간 전에는 확실히 귀신이 씌었다. 세상 모든 종류의 사람들이 모여 있는 젤마 엘 프나 광장으로 가는 골목에는 세상 모든 물건을 파는 듯 다양한 물건들이 진열되어 있었다. 시장 구경에 정신이 팔려 있던 나는 광장에서 박하차를 마시며 프랑스 디자이너 입셍 로랑이 시크한 유러피안이라면 반드시 마라케시를 방문해야 한다고 말한 의미를 이해하려 찬찬히 광장을 둘러보았다. 하지만 요란한 광장의 북적임은 내 정신을 혼미하게 만들었다. 불현듯 쉬어갈 겸 헤나가 하고 싶다는 생각이 들었다.

Winnie the Pooh

무언가에 이끌린 듯 검은 부르카를 입어 눈만 보이는 여인 앞에 앉았다. 왜 그랬는지 지금도 이해되지 않지만 가격을 묻지 않았다. 헤나를 그리는 손에 무작정 내 다리를 맡겼다. 그리고 엄청난 바가지를 썼다. 사실 그동안 누가 터무니없는 가격을 요구하면 내가 생각하는 적정가격의 돈을 던져주고 욕도 하며 자리를 떠났지만, 이날은 순순히 돈을 지불했다. 서울 사람임에도 눈뜬 채로 코를 베였다. 무언가에 현혹된 게 분명했다. 여인도 미안했는지 검은 천을 걷어 자신의 배를 보여준다. 임신한 사기꾼이었다. 영화 〈카사블랑카〉의 대사가 떠올랐다.

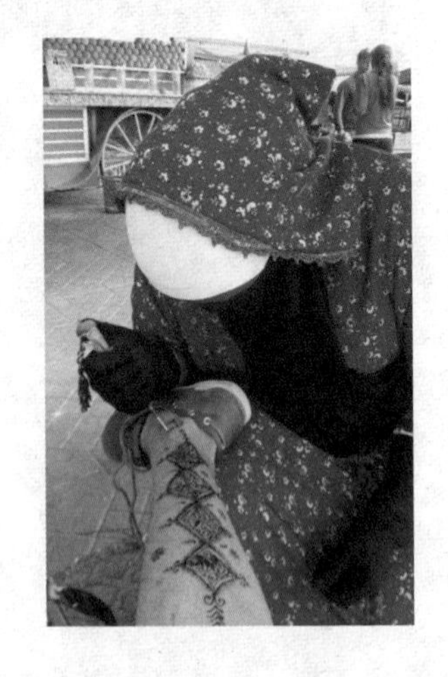

"이 미친 세상에서 동시에 세 사람이 행복해질 수 없어."

엄마와 곧 태어날 아이 대신 내가 불행해지기로 했다. 파울로 코엘료의 소설 『연금술사』도 생각이 났다. 보물을 찾아 여행을 떠난 양치기 소년은 여행 첫날 탕헤르에서 가진 돈을 몽땅 도둑맞는다. 나는 마라케시에서 3일 치 여행경비를 잃었다. 이날 나도 불쾌한 감정을 교훈으로 바꾸는 연금술이 필요했다. 하지만 마음의 연금술은 쉬운 일이 아니었다. 그냥 귀신씌인 날이라고 생각하고 넘겼다.

태초의 바다가 있는 곳

미를레프트 & 레그지라

딱히 할 일이 없는 이곳에 사하라 사막에서 별을 보던 한국인 여행자 3명이 만나 느긋한 시간을 보냈다. 아파트를 빌려 지내면서 우리는 그렇게 바다를 바라보는 것만으로 하루를 보냈다. 숙소 주인 A와 그 동생 M은 한국 사람을 실제로 처음 본다고 했다. 동양 여행자들이 찾지 않는 마을에 내 동행 두 명은 흔하지 않은 성을 가진 사람들이다. 미를레프트에 한국 사람이 3명 있고, 그중에 '변'씨가 두 명이라는 상황만큼이나 이곳의 해 질 녘 풍경은 기묘하다.

일몰의 바다가 너무나도 아름다워 낮에는 한가로이 시간을 보내다가 해 질 녘에 카메라만 달랑 챙겨 나가 절벽 끝을 아슬아슬하게 서성이며 숨 막히는 풍경에 침묵으로 감탄하곤 했다. 아찔한 붉은 절벽에 서면 황금빛 바다가 넘실댔다. 이 소박하고 작은 마을에서 대서양은 해가 질 때 황금빛으로 변하는 연금술을 선보이고 있었다.

이곳에서 멀리 떨어져 있지 않은 '레그지라'라는 마을에는 특이한 형상을 하고 있는 기암절벽이 있다. 레그지라에는 고급 별장촌이 새롭게 지어지고 있지만, 이곳의 바다는 태초의 모습이다. 200년은 살았던 것 같은 바다거북의 시체가 원시적인 분위기를 더한다. 누구나 잊지 못할 바다의 풍경이 있다. 나에게는 이 바다였다. 이탈리아의 남부 해안도 아닌 프랑스 지중해도 아닌 기이하고도 아름다운 이 바다의 모습이 내가 바라본 바다 중에 단언컨대 최고의 장면이었다.

A는 마지막 저녁, 우리를 위해 요리를 해주었다. 바다가 가까운 덕분에 시장에서 재료를 사고 생선 타진을 요리했다. 모로코를 여행하며 하루에 한 번꼴로 타진을 먹었지만 어느 식당에서 사 먹은 것보다 맛있었다. 생선 타진 먹은 것도 처음이었고 타진을 요리하는 과정을 지켜보는 것도 처음이었다.

A의 친구와 가족들과 함께 시간을 보내는 일은 특별한 시간이었다. 미를레프트에 관한 이야기도 들을 수 있었다. 여행자의 신분인 나는 이곳이 참 아름다웠지만, 이곳에 사는 일은 쉽지 않은 듯했다. 바다는 아름다워도 육지의 삶은 아름답지만은 않았다. 5천 명이 거주하는 이 마을에 의사는 단 한 명뿐이라고 했다. 여름 성수기에는 고급호텔

과 별장에서 소비하는 자원의 양이 많아 수시로 전기와 수도가 단절된다고 했다. 정부는 관광 수입에는 큰 관심을 보이고 투자하는 반면 지역 사람들을 위해서는 일하지 않는다고 A가 고충을 토로한다. 그럼에도 불구하고 지금 국왕은 정치를 비교적 잘하고 있다며 언젠가는 모로코 사람들도 나처럼 해외여행을 많이 다닐 정도로 발전할 거라는 믿음을 보여주기도 했다.

나도 한국으로 여행 온 모로코 사람이 있으면 받은 친절을 보답하겠다고 했더니 그때쯤이면 한국 사람들은 우주에 가서 살고 있을 거라며 더딘 발전을 조롱하는 농담을 한다. 모로코의 현실에 대한 이야기를 하니 목소리들이 커진다. 정치 이야기는 어느 나라나 거친 논쟁거리인 듯했다. 농담과 논쟁을 주고받으며 먼저 방에 들어가서 자는 형, 누나의 잠을 방해했다.

거친 안락함

📍 에싸웨라

에싸웨라는 전설의 기타리스트 지미 핸드릭스와 레게 음악의 거장 밥 말리가 사랑했던 도시다. 영화감독 오손 웰스가 남은 생을 이곳에서 살았고 영화 〈글래디에이터〉 리들리 스콧 감독의 별장도 이곳에 있다.

미를레프트에서 이곳까지는 택시를 대절해서 왔다. 모로코 서부해안을 달리며 드넓은 바다에 정신이 팔리기도 하고 아르간 나무와 올리브 나무가 우거진 푸른 산과 붉은 모래뿐인 황량한 민둥산도 넘으며 모로코 자연을 탐닉했다. 가는 길에 만난 여러 동물들은 특이하고 재미있는 장면을 연출하며 여행자의 마음을 들뜨게 했다. 작은 마을에 잠깐씩 들러 수많은 모로코의 얼굴을 보았다. 모로코의 여행을 요약하는 듯한 여정에 사실 지겨울 틈이 없었다.

에싸웨라는 분명 독특한 풍경과 매력적인 골목이 있는 마을이다. 하지만 나는 이곳의 낮보다 밤이 더 좋았다. 서핑을 하는 관광객들과 고기를 잡는 어부들의 활기찬 모습이 잠잠해진 밤에도 에싸웨라의 파도는 짙은 암흑 속에서 힘차게 육지를 두드리고 있었다. 베르베르인이 모로코 전통 북을 연주하듯 빠른 리듬의 파도소리를 들으며 밤을 보내는 시간이 참 좋았다. 어둠이 짙게 깔려 바다도 보이지 않았지만, 별을 보며 달이 서쪽 하늘로 올 때까지 밤의 어둠을 멍하게 바라보곤 했다. 마치 저 어둠 뒤로는 다른 세상이 존재하는 것만 같았다. 해가 뜨고 에싸웨라의 풍경이 드러나면 내 환상이 깨지는 것 같아 낮에는 뚱한 마음에 무척이나 게을렀다. 형과 누나는 이국적인 어촌의 풍경과 사람 냄새, 세월이 묻은 고풍스러운 도시의 모습에 매료되어 부지런히 골목을 누볐지만 나는 그냥 이 풍경에 그저 녹아들고 싶었다고 핑계 대고 싶을 만큼 느긋하게 머물렀다. 이곳이 별로였다는 뜻이 아니다. 정말 좋았다.

에싸웨라는 '모가도르'라는 옛 이름을 가지고 있다. 베르베르어에서 유래한 말로 '안전한 항구'라는 뜻이다. 여행자에게도 안전한 항구였다. 모로코 여행 내내 나를 괴롭혔던 호객꾼도 없었다. 다른 모로코의 도시들과 달리 복잡하게 얽힌 골목이 무한히 이어지지도 않았다. 비교적 단순하고 쉬운 길이 골목을 걷는 내내 여행자의 발걸음을 편하게 인도했다.

그럼에도 불구하고 그냥 이곳에 바닷바람을 맞으며 마을과 바다를 바라보는 것만으로도 충분했다. 강한 바람에 비린내가 실려 와도 해안가에 쓰레기 썩는 냄새가 진동해도 결국 다시 바람에 쓸려 가곤 했다. 바람마저 파도처럼 거센 이 도시는 내 마음의 진동과 비슷하게 거칠어 묘한 안정감을 주는 듯했다.

마지막 사랑

📍 탕헤르

에싸웨라를 떠난 지 22시간 만에 탕헤르에 도착했다. 에싸웨라에서 탕헤르로 바로 오는 교통편이 없었다. 버스와 기차를 타고 탕헤르로 향했다. B형과는 함께 탕헤르로 향했지만 스페인에 도착하면 바로 일정이 달라진다. B누나는 내가 기차를 타야 하는 마라케시에 머물렀다. 동행과 이별을 맞이하듯 나도 모로코와의 이별을 준비해야 했다. 탕헤르를 모로코의 마지막 도시로 정한 일은 개인적으로 참 잘한 일이었다. 많은 여행자처럼 탕헤르를 모로코의 시작도시로 정하지 않은 이유는 색다르게 모로코에 들어가고자 했던 마음도 있었지만 "갔던 길로는 두 번 여행하지 않는다."는 모로코 출신의 여행가 이븐 바투타의 여행 철학을 따르고 싶기도 했었다.

미국 작가 폴 보울이 탕헤르의 경험을 소설로 옮겨 영화화가 된 〈마지막 사랑〉의 주인공처럼 예술적 영감을 얻기 위해 이곳을 찾은 건 아니지만 꼭 와보고 싶었다. 가장 오고 싶었던 도시였지만 역설적으로 가장 짧은 시간을 보냈다. 1박도 하지 않고 반나절만 이곳을 여행했다. 오랫동안 짝사랑했던 첫사랑과 사귀는 일만큼 아름답고도 잔인한 일은 없다. 어떤 대상에 환상이 있다면 환상 속에 묻어 두는 게 좋다. 실제로 탕헤르는 범죄의 도시로 악명이 높다. 마약 밀매와 인신매매가 성행하고 있는 곳이다. 나는 내 환상이 깨지지 않을 만큼 조심스럽고 짧게 탕헤르를 여행했다.

아침 7시의 탕헤르는 기지개를 켜고 있었다. 태양은 배가 정박해 있는 항구를 잔잔하게 비추고 있었다. 막 문을 연 과일 가게에서는 수염을 기른 아저씨가 바나나를 걸고 있었다. 카페에는 하루의 첫차를 담은 주전자가 보글보글 끓고 있었다. 거리를 청소하는 미화원의 수레에는 쓰레기들이 쌓이기 시작한다.

엄마와 아빠의 손을 잡고 학교를 가는 아이의 발걸음을 따라가 보았다. 학교 앞에는 엄마들이 삼삼오오 모여 수다를 떨고 있었다. 아이의 손을 잡았던 손에는 서너 개의 빵이 들려져 있다. 고기를 주렁주렁 매단 정육점에는 파리들이 분주히 움직이는 날갯소리가 아침을 깨운다. 수산시장 앞에는 새벽에 잡은 생선들을 분류하고 해체하는 작업이 시작되고 있었다. 그 앞에는 고양이들이 모여 버려지는 물고기들을 기다리고 있었다.

"사진은 과장되어 보인다. 사진은 실재實在에 비해 너무 기묘하거나 환상적으로 보인다. 그러나 보라. 사진은 충분히 환상적이지 않았다. 사진은 실재의 절반도 전달하지 못한다. 탕헤르가 예전에도 그랬듯이 지금도 낯선 땅이다."

『톰 소여의 모험』을 쓴 미국 작가 마크 트웨인이 1867년에 탕헤르를 여행하며 남긴 말이다. 탕헤르의 실제 모습이 사진보다 훨씬 환상적이라고 평가한 31세의 무명작가 마크 트웨인은 모로코와 유럽 여행기를 미국 신문에 게재했다. 이를 계기로 그는 유명세를 타기 시작했다.

나는 이곳에서 참 조용히 여행할 수 있었다. 파울로 코엘료의 소설 『연금술사』에서 보물을 찾아 여행을 떠난 양치기 소년처럼 여행 첫날 탕헤르에서 가진 돈을 몽땅 도둑맞지도 않았고 제이슨 본과 제임스 본드처럼 탕헤르를 뛰어다니며 액션씬을 연출할 필요도 없었다. 반나절 여행자에게 그들은 참으로 친절했다.

이븐 바투타

내가 가장 먼저 찾은 곳은 이븐 바투타의 사당이다. 역사상 가장 위대한 여행가 가운데 한 사람이다. 훌륭한 여행기를 남겼지만, 여행 당시의 행적을 제외한 나머지 생애에 관해서는 알려진 바가 거의 없다. 실제로 죽은 연도도 명확하지 않다. 비슷한 시기에 여행한 마르코 폴로는 많이 알려져 있는 반면 그보다 더 오랫동안 많은 나라를 여행한 이븐 바투타는 그리 알려져 있지 않다. 그는 약 30년간 마르코 폴로보다 3배 긴 12만km를 여행했다. 1997년, 미국의 '라이프'지에서는 지난 1000년 동안의 위인 100명을 선정하면서 여행가로는 이븐 바투타와 마르코 폴로를 포함시켰다. 이븐 바투타는 44위였으며 마르코 폴로는 49위였다.

그 1997년, 우리나라에는 '무함마드 깐수'라고 불리는 간첩 정수일이 대한민국을 떠들썩하게 만들었다. 그는 레바논계 필리핀 사람으로 위장해 한국에 들어와 간첩활동을 했다. 그는 12개국의 언어를 구사할 만큼 어학에 관해서는 탁월한 능력을 보유하고 있었으며, 무슬림 신자로 이슬람 문화 연구에 그를 필적할 사람이 없을 정도로 박식했다. 그는 특히 실크로드를 통한 문명교류사에 위대한 연구 업적을 남겼다. 그가 감옥에서 번역한 책 중에 하나가 이븐 바투타 여행기다.

내가 이븐 바투타를 존경하는 이유는 30년이라는 여행의 기간도 아니다. 여행 중에 10번 가까이 결혼할 정도로 훌륭했던 그의 매력 때문도 아니다. 그의 여행 DNA가 부러웠다. 그는 21세 때인 1325년 7월 2일, 고향을 떠나 메카와 메디나를 둘러보는 '하즈'길로 성지순례를 떠났다. 애초에는 수년 동안만 순례를 하고자 했다. 그가 탕헤르를 떠난 지 1년 반 만에 메카에 도착했으니 꽤 빨리 목적을 달성했다. 하지만 그는 고향으로 돌아오는 서쪽 길을 택하는 대신 동쪽으로 향한다. 이는 약 25년간의 여행으로 이어졌다. 그 사이 부모와 연락할 수 없었으니 부모는 그가 죽었으리라 생각했다. 그리고 그 기간 동안 부모는 세상을 떠났다. 그는 25년 뒤 돌아와 부모님의 묘소를 참배하고 수개월 간 휴식을 취하고 슬픔을 달랬다. 그리고 그는 또다시 길을 나선다. 마침 모로코의 술탄은 바다 건너 이베리아 반도의 무슬림 세력을 지원하고 있었다. 이븐 바투타는 이 기회를 이용해 1351년부터 2년간 오늘날의 에스파냐 남부를 여행했고, 거기서 돌아오자마자 3년간 아프리카 남부를 여행했다. 총 30년간의 여정을 마친 후, 이븐 바투타는 1354년에 모로코로 돌아온다.

그는 술탄의 권유로 여행기를 집필한다. 이 책은 세계의 다양성을 사람들에게 소개한다. 이 당시 여행가들은 교역이나 선교를 위해 여행했지만, 그는 세상의 문화와 삶의 모습을 관찰한 최초의 여행가다. 정복과 명예가 아닌 순수하게 여행을 떠난 그의 여정은 여행자들에게 시사하는 바가 크다.

그의 묘소는 문이 잠겨 있었다. 관리인의 전화번호가 있었지만 나는 그냥 문밖에서 그를 추모하며 여행을 되짚어 보았다. 그에 대한 세간의 평가만큼 사당도 단출했다. 그의 호젓한 묘소 앞에 서는 것만으로도 위대한 만남을 하고 있는 것처럼 가슴이 뛰었다. 여행 자체가 목표가 되자고, 여행을 욕구 충족의 수단으로만 삼지 말자고 다짐했다.

공존의 도시

탕헤르의 카사바, 메디나, 신시가지는 전혀 다른 분위기를 풍긴다. 이 전략적 요충지는 많은 민족들의 침략을 받았다. 로마, 베르베르족, 스페인, 포르투갈, 프랑스 등 이곳을 점령했던 문화의 흔적들이 겹겹이 쌓여있다. 이곳에는 영국 교회도 하나 있다. St. Andrew 교회에서 아랍어로 된 성경책을 보고 싶었다. 하지만 이곳도 문이 닫혀 있었다. 철창 사이를 기웃대다가 사진을 찍고 있는데 한 사내가 내 등을 두드린다. 자꾸 "NO"라고 하기에 사진을 찍지 말라는 이야기인 줄 알았다. 모로코 사람들은 사진 찍히는 걸 굉장히 싫어한다. 사진을 찍히면 영혼이 뺏긴다고 생각한다아이러니하게도 국왕의 사진은 어디서든 쉽게 만날 수 있다.

카메라를 주머니에 집어넣었음에도 연신 "No!"만 외친다. 돈을 달라는 이야기인가 생각했다. 모로코에서는 상점의 물건만 찍어도 주인이 돈을 요구하기도 한다. 카메라를 넣은 주머니에서 몰래 돈을 만지작거렸다. 가만히 들어보니 오늘 문을 안 연다는 이야기였다. 대충 이해하기로는 관리인이 기도하러 모스크에 갔다는 이야기 같았다. 교회의 관리인이 이슬람 신도라는 점이 탕헤르를 가장 잘 설명해주는 모습이 아닐까 생각했다. 이슬람 땅 위에 있는 한 교회 문 앞에서 여행의 안녕과 건강을 위해 잠시 기도를 하는 걸로 모로코 여행을 마무리 지었다.

엄청난 특권을 누리는 무례한 여행자의 모습

모로코를 떠나며

이 땅에 있는 많은 사람들이 유럽으로 가고자 하지만 갈 수 없다. 자본과 자원은 유럽으로 넘어가지만, 사람은 유럽으로 넘어갈 수가 없다. 난민은 물론이고 모로코에서 대학을 나온 청년들도 직업을 구하기가 힘들다고 한다. 삶을 위해서 14km의 바다를 건너가다가 목숨을 잃는 사람도 많다. 미친 짓이라 생각할 수 있지만 이 사람들이 얼마나 돈에 집착하는지 모로코를 여행하면 알게 된다.

관광객들의 돈을 뜯기 위해서라면 어떤 짓도 서슴지 않는다. 물론 대부분의 국민이 그런 것은 아니지만, 관광객을 상대하는 사람들은 대부분 그랬다. 생존을 위해 간절하게 국경을 넘고자 하지만 거부된 사람들 사이에서 여행을 위해 가벼운 마음으로 너무나도 쉽게 국경을 넘는 상황이 참 불편했다. 그들보다 우월한 것 하나 없는 내가 당연하게 누리는 권리가 과분하게 느껴져 다소 민망했다. 작은 불운이 따라다니면서 수시로 나를 괴롭히지만, 근본적으로 엄청난 행운을 갖고 태어난 놈이라고 생각했다. 좀 더 낮은 자세로 여행하자고 지중해를 바라보며 다짐했다.

면세점에 다양한 색깔의 향수가 진열된 모습을 보니 보지 못했던 페스의 슈아라 테너리가 생각났다. 당시 나는 고단하고 처절한 노동의 현장을 구경하지 못했다고 짜증을 부렸다. 내 사진의 피사체로 만든 다음 뿌듯한 기분을 느끼지 못했다고 아쉬워했던 내가 부끄러웠다. 전통 방식을 고수하며 힘겹게 가죽을 다듬는 그들의 처참한 노동환경에 가슴 아파하는 최소한의 인격적 공감보다는 내 돈이 어떻게 흘러가는지도 모르는 무식함만 내 머릿속에 자리 잡고 있었다.

정직하게 삶을 견뎌내는 그들을 철창 안의 동물들같이 생각하지 않았는지 반성했다. 불공정함을 자각하지 못한 채 '악취가 심하다.', '다양한 색이 아름답다.' 하는 식의 참을 수 없이 가벼운 감상만 늘어놓을 게 분명했다. 불공정한 그들의 노동환경에 분노하는 대신 호객꾼들에게 몇 푼 뜯긴 일에만 분노했을 테다.

신성한 삶의 현장에 들이닥쳐 카메라를 들이대고는 가볍게 그들의 영혼을 갈취하고 훌쩍 떠나는 우매한 여행을 운 좋게 놓쳐서 다행이라 생각했다. 나는 크게 보면 운이 좋은 놈이다.

프로 불편러의 여행, 여기 나만 불편해?

세비야

세비야는 비제의 〈카르멘〉, 로시니의 〈세비야의 이발사〉, 모차르트의 〈돈 후안〉의 배경이 된 도시다. 또한, 주요 관광지가 한곳에 몰려 있어 여행하기 매우 편하다. 바티칸의 산 페드로 대성당과 영국의 세인트폴 대성당 다음으로 큰 세계 세 번째 규모의 세비야 대성당을 중심으로 왕궁이었던 알카사르, 세비야 대학교가 모여 있고, 잠시 걸어 과달키비르 강으로 가면 '황금의 탑'이라는 뜻의 토레 델 오로와 투우 경기장, 플라멩코 공연장이 있다. 그리고 배우 김태희가 한 CF에서 플라멩코를 추는 것을 계기로 우리나라에도 널리 알려진 스페인 광장도 걸어서 이동이 가능하다.

세비야에서 제일 먼저 찾은 곳은 세비야 대학교였다. 세비야 대학은 18세기까지 담배공장으로 사용되던 곳으로 오페라 〈카르멘〉의 배경이다. 지금은 학생들이 공부하는 대학으로 바뀌어 그 흔적만 남아 당시의 모습을 어렴풋이 짐작할 수 있을 뿐이다. 대학교를 나와 스페인 광장으로 향했다. 1929년 박람회장으로 쓰기 위해 지은 건물을 둘러보고 세밀하게 장식한 아름다운 광장을 걸으며 이곳저곳을 살펴보는 것만으로도 시간이 가는 줄 몰랐다. 맛있는 식당이 몰려 있는 산타 크루즈 지구에서 훌륭한 음식을 맛보며 한적하게 거리를 거닐 때만 해도 세비야가 참 좋았다. 이후의 일정에서 마음이 어지러워지면서 먼저 이곳을 거닌 일정은 신의 한 수가 되었다.

다음 날 아침, 불가리아에서 나에게 신의 가호가 함께하길 바란다며 선물 받았던 십자가 목걸이를 잃어버렸다. 아쉬운 마음으로 세비야 대성당으로 향했다. 세비야 대성당에서 콜럼버스의 무덤과 라틴 아메리카에서 약탈한 금으로 화려하게 치장한 거대한 황금 제단을 바라보고 있자니 불편한 기분이 마음을 사로잡았다. 금을 20만 돈이나 썼으니 그 웅장함과 화려함은 압도적이다. 맞은편 알카사르는 콜럼버스와 마젤란과 같은 탐험가들이 자금을 지원받기 위해 국왕을 알현한 곳이었다. 이곳에서 대항해 시대가 시작되었다. 점점 더 불편한 기분을 떨쳐내기가 힘들어졌다.

1492년 이슬람을 믿었던 무어인들이 마지막으로 항거했던 그라나다를 탈환한 이사벨 1세 여왕은 그해 콜럼버스의 항해에 지원을 약속했다. 유럽과 라틴 아메리카의 역사를 통째로 바꾸고 세계의 역사를 뒤흔든 계기가 된 해가 바로 1492년이다. 사실 콜럼버스는 여러 나라에 후원을 요청했지만, 번번이 거절당했다. 그는 다른 탐험가들처럼 동쪽으로 떠나고자 하는 게 아니라 지구의 끝이라고 생각한 서쪽으로 돌고자 했다. 이사벨 1세 여왕은 독실한 가톨릭 신자로서 부담을 느꼈다고 한다. 사실 중세가 지나서야 지구가 둥글다는 걸 깨달은 게 아니다. 고대 그리스 시대부터 지구가 둥글다는 것은 이미 과학적으로 증명되었다. 하지만 중세 기독교가 진실을 묵살하는 바람에 사람들이 점차 지구는 평평하다고 믿게 되었다. 서쪽으로 여행하는 콜럼버스를 지원한다는 것은 그녀가 독실하게 믿었던 기독교의 주장을 일부 부정하는 것과도 같았다. 물론 신앙만이 걸림돌이 아니었다. 포르투갈과

체결한 알카소바스 조약에 대서양을 건너 인도로 가는 것이 위배되지 않는지 검토해야 했다. 무엇보다 그라나다에 남은 이슬람 세력과 대치 중에 있었기 때문에 후원해 줄 돈이 없기도 했다.

그라나다를 함락시킨 이사벨 1세 여왕은 뒤늦게 신대륙으로 영향력을 확장하고자 그의 항해를 후원하기로 결정했다. 조건도 파격적이었다. 이탈리아 제노바 출신의 평민이었던 콜럼버스는 자신과 후손들에게 귀족의 칭호인 '돈'과 제독의 계급을 요구했다. 더불어 새로 발견된 땅에서 얻은 수입의 10%를 원했고, 그가 발견한 땅이 식민지가 될 경우 자신을 총독으로 임명해달라고도 요청했다. '콜럼버스'라는 이름의 뜻은 '예수 전도자'라는 뜻이지만 그는 세속적인 욕망에 사로잡혀 있었다. 그로 인해 중남미에는 수난의 역사가 시작되었다.

라틴 아메리카의 원주민들의 피와 시체는 황금이 되어 스페인으로 들어왔고, 세비야에 부와 예술의 풍요를 가져다주었다. 물론 욕망에 사로잡힌 콜럼버스가 잔혹하게 원주민을 다뤘지만, 콜럼버스는 금을 스페인에 가져다주지 못했다. 4차에 걸친 그의 항해는 금을 얻는 데에는 실패했다. 하지만 그가 개척한 바닷길로 스페인의 라틴 아메리카의 잔인한 점령은 시작되었다. 그는 근대를 연 인물로 평가되지만 철저히 중세 세계관에 빠져 있었다. 사실 라틴 아메리카가 유럽에 처음 발견된 것도 아니었다. 콜럼버스가 아메리카 대륙에 도착하기 약 500년 전 이미 바이킹 족이 대서양을 건너 캐나다에 간 적이 있었다. 기록에 남지 않아 완전히 잊혔을 뿐이다.

아랍어로 큰 강을 뜻하는 'Wadi al Kevir'에서 유래했다는 황금의 탑 '토레 델 오로'에 도착하니 불편한 감정을 더욱 증폭되었다. 예전에 돔이 금으로 치장되어 황금의 탑으로 불리기 시작했다는 설도 있지만, 남미에서 가져온 황금을 저장하는 용도로 쓰여 황금의 탑이 되었다는 이야기도 있다. 실제로 이 강은 콜럼버스가 항해를 시작한 곳이기도 하고 약탈이 극에 달했을 때는 황금을 가득 실은 배들이 매일 이곳을 들락거렸다. 이 탑에는 아름다운 미모 때문에 곤경에 처해야 했던 '마리아 코로넬'이라는 여성이 스스로 뜨거운 기름을 얼굴에 부은 역사와 관련이 있는 곳이다.

그녀의 아버지와 남편을 죽인 페드로 왕이 그녀의 미모에 반해 잔인한 구애를 펼쳤다. 그녀는 그에게 마음을 절대 열 수 없었지만 왕이라는 그의 권력은 그녀를 첩으로 받아들이는 데 전혀 문제가 없었다. 피하면 피할수록 그의 욕구는 더욱 불타올랐다. 결국, 그녀는 자신의 원수인 페드로 왕의 광적인 구애를 끝내고자 스스로 얼굴에 펄펄 끓는 기름을 부었다. 이 탑은 그녀의 남편이 페드로 왕에게 처형당한 곳이다. 왕의 삐뚤어진 욕망이 한 여자의 미모를 앗아갔다. 나도 뜨거운 기름을 머리에 부은 것 같이 괴로운 생각에 사로잡혔다.

최초로 지구 한 바퀴를 도는 세계일주에 성공한 페르디난드 마젤란과 스페인과 도미니카 공화국, 쿠바, 다시 세비야로 오게 된 콜럼버스의 시신을 떠올리며 1877년 도미니카 공화국이 콜롬버스의 유해가 있던 산토도밍고 성당을 보수공사하던 과정에서 콜럼버스의 스페인 이름이 쓰인 크리스토발 콜론 경이라고 적힌 상자를 발견하게 된다. 이로 인해 어느 것이 콜럼버스의 진짜 유해인지 불확실하다 스페인과 포르투갈을 둘러본 뒤 중남미로 가고자 했던 내 계획을 다시 되돌아봤다.

나는 무엇 때문에 지금 여행을 하고 있는지. 나의 여행을 이끄는 진정한 동기는 무엇인지 생각했다. 이 여행으로 대단한 변화를 원하는 것은 아닌지. 나 자신만을 위한 시시한 여행을 하고자 했던 마음에 교만과 욕망이 틈탄 현재의 마음이 부끄럽고 괴로웠다. 나는 왜 이곳까지 흘러왔고 지구를 한 바퀴 돌고자 하는가? 세계 일주라는 단어는 나에게 어떤 의미인지 되짚어 보았다.

사실상 인류 역사의 근대 시대를 열었던 콜럼버스는 욕망에 가득 차 있었고, 신대륙을 항해하면서도 자기가 어디에 와있는지도 몰랐다. 그리고 철저히 중세 시대의 가치관에 머무르며 아메리카의 원주민을 상대했다.

유럽의 성당을 드나들며 무수한 십자가를 보았다. 십자가는 때론 화려하게 치장되어 있기도 했고 단출하고 소소한 모습을 하고 있었다. 나는 다양한 모습의 십자가를 바라보며 예수의 인류를 향한 사랑과 희생을 떠올리기도 했지만, 인간이 얼마나 한심한 존재인지를 상기시켜 보기도 했다.

신이 보낸 인류의 구원자를 십자가에 못 박아 죽여 버리고 나서는 다시 그에게 매달리는 인류의 몽매한 역사를 되짚어보면 인간이 얼마나 한심한 존재인지 다시금 깨닫곤 했다. 이런 인간들 중에서도 한심한 부류에 속하는 나는 과연 왜 여행을 하고 있는지 나 자신에게 질문했다. 다른 여행을 해보고자 했지만 지나온 길을 되새겨보면 다른 사람들의 여행 경로와 별반 다르지 않았다. 결국 남이 가는 곳에 갔으며 남들이 보는 것들만 골라 보았다. 그게 큰 문제가 되는 건 아니었지만 나는 타인의 시선과 취향으로부터 얼마나 자유롭게 여행을 하고 있냐고 묻는다면 명쾌한 답변을 내놓을 수 없었다.

다른 생각을 품으며 내 삶에 접목해보고자 했지만, 욕망에 눈먼 나에게 통찰력 있는 시선은 결여되어 있었다.

처음 여행을 떠나고자 했을 때 세계 일주를 하고자 하는 거창한 계획은 없었다. 그냥 흘러가는 대로 천천히 마음의 소리를 들으며 여행하고자 했고, 때가 되면 집으로 돌아가고자 했다. 지금까지 내가 이런 여행을 하고 있다고 착각하고 있었는지도 모른다. 그래서 대륙마다 서너 개 도시에만 머물며 세계 일주를 한다고 거들먹대던 여행자를 비웃기도 하고 일주일에 4개의 나라를 겉핥으면서 1년 안에 UN에 등록된 193개국을 다 돌고 있다는 여행자의 거짓말 같은 자랑을 은근히 조롱하기도 했다.

나는 무언가 다른 여행을 하고 있다는 근거 없는 우월감과 교만이 마음에 싹트고 있었다. 나도 어떤 사사로운 욕망에 사로잡혀 성과만을 내세우는 여행을 한 것은 아닌가 하는 기분에 숙소에 틀어박혀 가고자 하는 곳들을 찬찬히 훑으며 나는 여행을 무엇으로 채우고 있나 생각했다.

이상한 유토피아로

📍 마리날레다

'마리날레다'. 스페인에서 꼭 가고 싶은 도시였다. 이곳은 대안 공동체 마을이다. 사유재산이 없고 모두 6시간 30분이라는 같은 시간 동안 마을의 농장과 공장에서 일하며 하루 약 50유로의 동일 임금을 받는다. 실업률은 당연히 0%이고 사유재산을 가질 수 없는 탓에 개인이 집을 소유할 수는 없지만 한 달 15유로라는 아주 저렴한 가격에 주택을 평생 동안 빌릴 수 있다. 임대권한을 상속할 수도 있다. 16세 이상이면 누구나 발언권을 갖는 직접 민주주의 형태로 마을이 운영된다. 모든 것을 누릴 수 있지만, 어느 것도 가질 수 없는 사회주의 협동조합 마을이다.

이 마을은 그냥 탄생하지 않았다. 투쟁과 저항을 통해 유토피아와 같은 마을을 이룰 수 있었다. 프랑코 독재가 끝난 1975년 민주주의의 열풍이 온 스페인을 뒤덮었다. 이는 스페인 내전의 영향으로 안달루시아 지방에 깊게 뿌리내리고 있었던 아나키즘이라는 평등 정신과 만나 독특한 마을을 탄생시켰다. 1979년 마리날레다의 시장으로 당선된 산체스 고르디요는 1980년 주민들과 함께 '굶주림에 맞서는 굶주림 투쟁'을 시작한다. 토지를 무단 점거하고 한여름에 긴 거리를 행진하며 단식투쟁을 시작했다. 하루에 16km의 거리를 걸어 다니며 10년 넘게 토지를 100차례나 점거했다. 당시 2%의 부자가 토지의 50%를 차지하고 있는 안달루시아 지방의 불균형 상황을 비판하며 토지 개혁을 요구했다. 버려지고 방치된 땅에 농사를 짓게 해달라는 게 그들의 요구였다. 결국 안달루시아 정부는 이들에게 1,200헥타르의 땅을 마리날레다 공유지로 지급했다.

산체스 고르디요 시장은 4년마다 치러지는 선거에서 매번 당선되어 지금 40년 가까이 마리날레다의 리더가 되었다. 부자들의 노는 땅을 공유지로 할당받기 전까지 그는 7차례 감옥에 수감되었고, 우익 보수 세력에게 2차례 암살당할 뻔한 위기에 놓였었다. 하지만 그는 땅을 차지한 것에 멈추지 않고 많은 사람이 굶주리고 있는 상황에서 대형 마트가 과도한 중간이익을 취하며 팔지 못한 식료품을 버리는 행위를 강하게 비판했다. '수탈자들을 수탈한다'는 명분하에 동료 조합원들과 대형 마트의 생필품을 털어 가난한 사람들을 지원하는 푸드뱅크에 기부했다.

모두의 힘겹고 오랜 투쟁으로 동일 노동, 동일 임금, 실업률 0%, 주택 보급률 100%를 이룬 도시는 스페인 안달루시아에서 유토피아를 이루고 있었다. 해마다 며칠은 '빨간 일요일'로 지정해 공공장소에 필요한 업무를 자발적으로 수행한다. 토지를 주민에게 무상으로 제공하고 집을 지으려는 사람은 지방정부가 3만 유로약 4천만 원까지 지원해준다. 게다가 매월 시의회의 지원금도 받을 수 있어 사실 무상 주택과 다름없다. 자신의 집을 혼자 짓는 것이 아니라 마을 주민들이 모여서 함께 짓고, 건축에 관한 다양한 교육 프로그램도 제공하고 있다. 그리고 잉여 수익이 생기면 분배하지 않고 모두 마을에 재투자해 지속적으로 사업을 발전시켜 새로운 일자리를 창출한다.

이런 이상적 마을 혹은 이상한 마을에 정말 가보고 싶었다. 내 눈으로 확인하고 싶었다. 모로코를 같이 여행했던 B에게 같이 차를 빌려서 가보자고 설득하기도 했고, 가고자 하는 마음에 모든 방법을 알아봤다. 세비야에서 마리날레다로 가는 버스는 하루에 한 대 있었다. 오후 4시. 돌아오는 차는 다음 날 오전 9시. 버스를 타고 간다면 무조건 하룻밤은 지내야 했다. 마리날레다는 숙박 시설이 없다. 숙박을 할 수 있는 집이 한 군데 있다고 영국 언론인 댄 핸콕스가 마리날레다에 지내며 쓴 『우리는 이상한 마을에 산다』에서 봤지만, 상시 운영되는 것도 아니었다. 두려움에 발목 잡혔지만 그래도 가고 싶었다.

거리로 나섰다. 비 오는 거리에서 비를 맞으며 열심히 손을 흔들었다. 일단 아침에 출발해서 점심에는 도착해야 머물 수 있는 곳을 찾을 것 같았다. 세비야에서 100km 떨어져 있는 마리날레다에 오후 4시 버스를 탔다가는 노숙을 해야 할 수도 있었다.

아침 8시에 나와 비를 맞으며 마리날레다로 향하는 도로 앞에서 3시간 가까이 손을 흔들었다. 내 발밑 하수구에 적힌 세비야의 상징 'NO8DO'가 이제 그만하라는 "NO DO"라고 읽힌다. 'NO8DO'에서 8은 매듭 모양을 뜻한다. 스페인어로 매듭은 'madeja'로 '마데하'라고 읽힌다. 이걸 읽으면 'No me ha dejado'와 발음이 비슷하다. 'No me ha dejado'는 스페인어로 '나를 저버리지 않았다'라는 뜻이다. 세비야에서 숨을 거둔 카스티야 왕국의 왕 알폰소 10세가 반란군의 공습에서 끝까지 자신을 지지해준 세비야에게 내린 상징이다. 세비야는 나를 저버렸다. 이제 그만하라고 말하는 듯했다. 비에 젖은 리본을 매단 웨딩카에 손을 흔드는 정신 나간 나를 발견하고 무리한 시도를 그만두기로 했다.

"세상에서 이루고 싶은 변화의 주체는 바로 자신이어야 한다."

– 마하트마 간디

리처드 브라우티건의 소설 『워터멜론 슈가에서』처럼 수박 속 설탕과 같이 달콤한 삶이 보장되는 유토피아는 없을지도 모른다. 일곱 가지 태양이 떠서 일주일 동안 날마다 다른 색깔로 빛나는 워터멜론 슈가로 이루어진 마을 아이디아뜨에도 갈등과 상처는 존재한다. 마리날레다에서 나는 무엇을 보고 싶었을까? 다시 반문했다. 그곳도 분명 결점이 없는 곳은 아니다. 사람이 사람답게 살기 위해 고민하고 실현시킨 마을이긴 하지만 첫사랑에 대한 기억처럼 환상에 부풀려진 부분도 없지 않다.

유토피아utopia는 '없다ou', '좋다eu'를 동시에 내포하고 여기에 '장소topia'가 합쳐진 합성어다. '이상향'이라는 뜻과 함께 '존재하지 않는 땅'이라는 의미도 가지고 있다. 구약성서 이사야 11장 6절에서 9절까지 묘사되어 있는 유토피아의 모습은 예수가 이 땅에 온 이후에도 실현되지 않았다. 허황된 꿈이라고 치부해버릴 수도 있지만, 분명히 우리가 이 시대에 실현 가능성을 높여야 하는 의무가 있는 사명이다.

남이 이룬 유토피아가 아닌 과연 내가 꿈꾸는 유토피아는 어떤 모습일까? 정립되지 않은 막연한 희망만을 좇고 있지 않았는지 되돌아봤다. 어렴풋한 상상 속의 마을이 실제로 존재할지도 모른다는 기대감에 너무 도취되어 있었던 건 아니었을까? 나는 어떤 사회를 꿈꾸는가? 그 이상향을 위해 나는 얼마나 간절히 싸우고 있는가? 무엇을 꿈꾸고 있고, 그 꿈을 가로막는 문제는 무엇이며 어떻게 해결이 가능한가를 고민해왔나 나에게 물었다. 자문의 과정 속에서 흐릿한 목적과 방법이 심하게 부끄럽다. 정말 간절한 바람이 있다면 내가 소속되어 있는 땅에서 지금 고민하고 바로 실행하자고 다짐했다. 내가 마리날레다를 알게 된 책 『나우토피아』도 유토피아보다는 NOW지금를 강조한 책 제목이었다. 서태지의 노래 가사가 떠오른다. "왜 바꾸지 않고 남이 바꾸길 바라고만 있을까?" 내가 실천 가능한 혁명과 투쟁의 지속 가능한 모습은 무엇일까? 숙소로 돌아가는 내내 비와 고민 그리고 상념에 젖었다.

전설의 바람둥이 돈 후안의 모델이 된 마냐라가 자신의 죄를 회개하며 지었다는 자선 병원 교회에 걸린 「반짝이는 눈」은 '실천이 없는 신앙은 죽은 신앙'이라는 성경의 야고보서를 기초해 그렸다. 이 그림 속 해골의 모습이 실천하지 않고 공허한 말뿐인 나의 모습을 더욱 부끄럽게 만들었다.

"어리석은 자는 멀리서 행복을 찾고,
현명한 자는 자신의 발치에서 행복을 키워간다."

– 제임스 오펜하임

차분한 균형의 도시

📍 코르도바

내 머리를 복잡하게 만들기도 하고 비우도록 도와주기도 한 과달키비르 강을 따라 안달루시아의 중심 코르도바로 향했다. 역 앞에는 무슨 일인지는 정확히 알 수 없었지만, 전날 번잡한 고민에 잠이 쉽게 들지 않아 어쩔 수 없이 마음속으로 세었던 양 떼들이 광장에 모여 있었다. 상상 속에서 양을 그렸는데 눈 앞에 펼쳐지니 흥미롭다.

양털같이 하얀 도시 코르도바는 아랍 문명의 발자취가 남은 안달루시아 지역의 중심답게 이슬람 문명의 흔적이 진하게 묻어 있다. 메스키타 카떼드랄은 기독교 문명과 이슬람 문명이 혼합된 완벽한 모습을 갖추고 있다. 안으로 들어서면 안달루시아의 향기인 오렌지향이 상큼하게 코끝을 스친다. 아랍이 유럽에 소개한 것 중에 하나가 이 오렌지다. 이슬람 양식으로 지어진 건물 안에 기독교 장식이 조심스럽고도 절묘하게 자리 잡고 있다. 이슬람 문명과 기독교 문명의 결합이 신비로운 분위기를 자아내고 있다. 수많은 기둥 사이를 조심스럽게 걸으며 경이로운 건축 양식과 장식을 감상했다.

카를로스 5세 때 성직자들의 간청으로 기존의 건물을 일부 허물고 가톨릭 양식으로 새로 지었다고 한다. 그때 카를로스 5세는 "그대들은 어디에도 없는 것을 부수고 어디에나 있는 지었구나."라며 한탄했다. 그럼에도 불구하고 이곳은 신비롭고 이색적인 분위기를 풍기고 있다. 자기가 그라나다의 알함브라 궁전의 일부를 허물고 카를로스 5세 궁전을 지었던 만행은 기억하지 못하는 듯했다.

711년에 북아프리카에서 건너온 이슬람 민족들은 코르도바를 그들의 근거지로 삼았다. 8~11세기는 코르도바, 11~13세기는 세비야, 13~15세기는 그라나다가 번갈아 가며 이슬람 문명의 중심지가 되었다. 코르도바는 안달루시아 중에서 가장 오래된 이슬람의 모습이 남아있다. 정갈한 골목을 거닐다 보면 유대인 건물과 이슬람 건물, 기독교 건물을 모두 만날 수 있다. 과달키비르 강을 가로질러 흐르는 낭만을 담고 있는 로마인의 다리도 참 고풍스럽다.

포르투갈에서 만난 3F

포르투갈을 생각하면 가장 먼저 '3F'가 내 머릿속에 떠오른다. 포르투갈 첫 숙소는 '3F'. 3층 건물이었고 공교롭게도 나는 3번 방에 F번 침대를 배정받았다. 이런 우연이 또 있을까? 이런 우연의 일치에 미소 짓다 보니 리스본으로 오는 내내 쌓였던 피로가 어느 정도 가시는 기분이다. 차 안에서 유럽 사람들과 대한민국 사회 문제를 거론하면서 포르투갈로 온 나를 포르투갈의 우민화 정책 '3F'가 맞이한다. 우리나라도 전두환 대통령 독재 시절 '3S'라는 우민화 정책을 펼쳤다. 그의 3S 정책은 포르투갈의 3F 정책을 모방한 것이다. 대륙의 동쪽의 끝인 대한민국과 서쪽 끝에 포르투갈은 이렇게 맞닿아 오묘한 우연을 만들었다.

1926년 군사쿠데타로 독재정권이 들어선 포르투갈에 한 지식인이 등장한다. 1928년 포르투갈의 재정부 장관으로 임명된 '안토니우 드 올리베이라 살라자르'는 1년 만에 국가 재정을 적자에서 흑자로 돌아서게 만들었다. 경제를 살린 업적으로 1932년 총리 자리에 오른 그는 1933년 헌법을 최악의 조항을 넣어 개정한다. 이 헌법이 통과되면 집권당인 국민연합당에서만 국회의원을 선출할 수 있고 노동조합 활동은 모두 불법이다. 모든 사회적 활동을 국가가 조정, 관리하며 총리의 해임은 사실상 불가능하다. 이에 필요한 건 정치에 무관심한 국민들이었다. 실제로 포르투갈 국민들은 20여 년간 지속된 정치싸움을 지켜보며 정치에 신물이 나 있었다. 이를 잘 알고 있었던 살라자르는 과감히 헌법 개정 투표를 진행했다. 결과는 찬성 580,379표, 반대 5,005표 그리고 기권 427,686표. 그는 기권표를 모두 찬성표로 간주한다. 국민의 무관심 속에서 그는 합법적인 독재자로 등극한다.

그는 독재를 이어가기 위해 3F 정책을 펼쳤다. 'Futebol축구', 'Fatima성녀 파티마로 상징되는 종교', 'Fado포르투갈의 음악, 파두'에 아낌없이 지원과 투자를 했다. 이 결과, 국민들은 정치 대신 축구에 열광했고 사회문제를 종교적인 방법으로만 해결하려 했고, 삶의 분노와 슬픔을 파두로 해소하기 시작했다.

반면 살라자르가 절대 투자하지 않은 분야는 '교육'이었다. 40%에 달하는 문맹률을 방치했다. 똑똑한 정치인과 무식한 국민의 대결구도를 만들어 더욱 정치와 국민들을 멀어지게 하려는 계략이었다. 정치에 무관심하고 정치 혐오가 만연한 포르투갈 국민들은 스스로를 무지하다 여기기 시작했다. 독재에 저항하는 일부 국민들을 불법 구금, 고문하고 강제 수용소에 격리시켰다.

국민들이 정치에 무관심할 때 민생 대신 식민지 경쟁에 모든 국가자원을 집중하면서 포르투갈 경제는 파탄에 이르게 된다. 이에 국민들이 선택한 해결책은 정치를 바꾸는 것이 아니라 포르투갈을 떠나는 것이었다. 포르투갈의 최대 수출상품은 포르투갈 국민들이라는 오명을 받으며 36년이라는 긴 시간이 흐른다.

국민들은 속인 살라자르도 말년에 자신이 펼친 속임수와 비슷한 방법으로 속게 된다. 1968년 휴가 중 사고를 당해 머리를 크게 다친 79세의 살라자르는 대수술 끝에 겨우 의식을 회복했지만, 반신불수가 되었다. 집권 세력은 서둘러 살라자르 대신 마르셀루 카에타누를 새로운 총리로 선출한다. 대신 살라자르가 받을 충격을 피하기 위해 측근들은 살라자르가 총리로 등장하는 가짜 신문을 발행해 그에게 보여주고 매일 가짜 서류에 사인을 받는다. 1970년 그가 죽을 때까지 2년 동안 그는 아무것도 모르는 행복한 바보 총리로 살게 된다. 결국 그의 사망 이후 4년이 지나서야 좌파 청년 장교들이 주도하고 시민들이 군인들에게 카네이션을 달아주는 '카네이션 혁명'이 일어났고 결국 포르투갈에도 민주정권이 출범한다. 포르투갈에서는 4월 25일 혁명으로 불리는 '카네이션 혁명'은 포르투갈의 민주주의를 이끈 무혈 혁명이었다. 리스본 시민들이 거리에 나와 카네이션 꽃다발을 군인들에게 건네주고, 혁명군 병사들은 총구에 카네이션을 꽂으며 화답하였다. 현재 포르투갈에서 4월 25일은 '자유의 날'이라는 공휴일로 되어 있다.

하지만 살라자르의 3F 정책은 많은 독재자들에게 좋은 참고자료가 되어 우리나라에도 'Sex, Screen, Sports'를 이용한 '3S' 정책이 통치 수단으로 자리 잡았다. 참조 : 뉴스타파

"정치를 외면한 가장 큰 대가는
가장 저질스러운 인간들에게 지배당한다는 것이다."
- 플라톤

파두가 코끝을 스치는 곳

리스본

우울이 나를 한창 둘러싸고 있던 어느 날, 라디오에서 우연히 포르투갈을 대표하는 음악 '파두'를 접하게 되었다. '베빈다Bevinda의 정원O Jardin'으로 파두의 첫 경험은 시작됐다. 가수의 애달픈 목소리와 깊은 슬픔을 담고 있는 가사는 우울에 젖어 있던 나를 파두가 일으키는 감정의 파동에 속절없이 넘실거리게 만들었다. 애절함과 그리움을 주로 담고 있다는 한 음악 평론가의 해설은 파두의 매력 속으로 나를 이끌었다. 파두는 포르투갈을 대표하는 음악 장르이다.

파두의 어원은 '숙명, 운명'을 뜻하는 라틴어 '파툼Fatum'에서 유래했다. 슬픈 역사에서 태어난 슬픈 음악이다. 독재정권 시절, '3F' 우민화 정책 중 하나로 장려됐으나 아이러니하게도 카네이션 혁명의 신호탄으로 사용되며 독재정권을 무너뜨린 음악이다. 우리 민족의 '한恨'과 비슷한 정서인 '사우다드Saudade'가 모든 파두를 관통한다. 다양한 문명이 뒤섞이는 항구의 음악답게 아프리카, 이슬람, 브라질 음악이 포르투갈 전통 음악과 한데 어우러지면서 파두에 큰 영향을 끼쳤다.

바다를 삶의 터전으로 살아야만 했던 포르투갈 항구의 사람들은 바다 위의 거친 삶을 그들의 운명으로 받아들여야 했다. 바다와 함께 할 수밖에 없는 인생의 희로애락을 파두로 노래했다. 바다는 포르투갈 사람들에게 삶의 동반자인 동시에 두려움의 대상이었다. 거친 파도와 맞서며 바다로 나갈 수밖에 없는 남자들과 사랑하는 사람을 바다 위로 떠나보내야 했던 여자들. 기약 없이 떠난 남편을 기다리는 부인과 바다에 자식을 묻어야 했던 어머니. 애절한 슬픔과 그리움은 모두에게 숙명과도 같았다. 그리움과 괴로움은 바닷가 사람과 파두의 공통된 감정이었다.

바다 내음과 항구 노동자의 땀 냄새, 그리고 해산물의 비릿함이 배인 리스본의 골목마다 파두가 흘러나온다. 낮에는 레코드 상점에서 쉽게 마주칠 수 있고 파두 박물관에서 파두의 대표 가수인 아밀리아 호드리게스를 비롯한 다양한 파두 가수의 작품을 원 없이 감상할 수도 있다. 어둠이 짙게 묻기 시작하면 관객과 파디스타파두 가수가 한목소리가 되어 저마다 갖고 있는 슬픔을 처연한 가락에 얹어 흘려보내기도 한다.

파두는 큰 무대에 많은 관객을 상대로 공연되지 않는다. 파두의 집이라는 파두 하우스에서 포르투갈의 전통 기타인 기타라Guitarra의 12현이 애잔하게 울리기 시작하고 검은 옷을 입은 가수가 마이크 없이 오직 자신만의 성량으로 작은 공간을 애절한 목소리로 가득 채운다. 바이루 알투에선 외지인들을 상대로 한 품격 있고 고풍스런 파두의 공연이 펼쳐지고 알파마 지구에선 현지인들을 위한 소박하고 자유로운 공연이 매일 밤마다 펼쳐지곤 했다.

리스본에는 파두가 가득하다. '사우다드'의 뜻은 '강렬한 바람'이다. 리스본 바다를 거닐며 맡을 수 있는 비릿한 내음은 시내로 들어오면 생선을 굽는 고소한 냄새로 바뀐다. 일곱 개의 언덕이 있는 리스본은 굽이길과 같은 파두와 닮아있다. 힘들게 언덕을 오르면 탁 트인 리스본의 아름다운 도시 전경을 만나기도 하고 강렬한 태양을 피해 그늘진 골목을 헤매다 보면 시원한 산들바람을 만나듯 예상치 못했던 사람들의 온정을 느끼기도 한다.

리스본의 상징인 노란 트램을 타고 언덕을 넘어다니는 경험은 리스본에서 여행자라면 지나칠 수 없다. 냉방 시설이 없는 오래된 전차는 좁고 후덥지근하다. 관광객이 많은 25번이나 28번 트램을 타면 소매치기도 신경 써야 한다. 거리 상황이 좋지 않아 수시로 꽤 오랜 시간

ESCOLAS
GERAIS

멈춰 선다. 그럼에도 불구하고 교통카드를 찍으면 "Boa Viegem!편안한 길 되세요" 라는 문구가 뜬다. 굽잇길을 넘어가는 불편한 행로에 위로를 던지는 파두와 같다는 생각에 괜히 피식 웃음이 난다.

트램 차창을 기웃거리다가 마음이 이끄는 곳에 내려 골목을 걷다 보면 언덕 굽잇길에서 구불구불한 삶을 살아가는 사람들의 모습을 만날 수 있다. 각각의 노란 전차들이 관광객들을 싣고 부지런히 다닐 때, 나는 전찻길에서 벗어나 낯선 골목을 거닐곤 했다. 여행자의 길을 조금 벗어나면 낯선 언어와 낯선 시선이 나를 온전히 에워싼다. 이때가 비로소 내가 리스본을 여행하고 있다는 사실을 피부로 느끼는 순간이다.

오감 중 가장 나를 자극하는 건 후각이다. 집 밖에 내걸린 옷들에서는 바다 내음이 은은한 세제의 향과 만나 향긋한 냄새를 풍기기도 하고 건물의 빈 공간을 멋있게 채우고 있는 그라피티의 아직 마르지 않은 스프레이 향이 벽에서 피어오르기도 한다. 에그타르트 굽는 냄새와 커피 향이 가득한 카페에서는 여유로움이 배어 나온다. 잘 차려입은 노신사의 양복에선 오래된 옷장의 냄새와 담배 향이 섞여 매캐한 냄새가 정겹게 풍겨온다. 볼 인사인 '베이지뉴'를 할 때만 느껴지는 은은한 비누의 향과 알싸한 입 냄새도 리스본이자 파두다. 성당 주변에는 초와 향이 타는 냄새가 코끝을 어루만지고 지나간다. 시장의 향긋한 향기와 골동품 시장의 손때 묻은 물건들의 냄새까지. 파두의 소리 사이로 풍겨오는 파두의 향이 리스본에 가득하다.

언젠가 당신은 내게 물었지. 파두가 무엇인지 아느냐고.
나는 모른다고 말했고 당신은 깜짝 놀랐지요.
그걸 모르면서 무엇을 노래하느냐고.
그때 나는 파두를 모른다고 당신에게 거짓말을 했지만
이제 말해주려 하네.

유혹을 이겨낸 영혼, 잃어버린 밤, 낯선 그림자
모우라리아 거리 부랑자의 노래, 흐느끼는 기타
치기 어린 사랑, 숯불과 불꽃, 고통과 죄악
이 모든 것은 존재하고
이 모든 것은 슬픔이오.
이 모든 것이 파두라오

만약 그대가 나의 남자가 되고 싶다면
항상 나를 곁에 두고 싶다면
사랑만 말하지 말아요.
파두에 대해서 말해줘요.
파두는 내게 숙명 같은 형벌.
그저 잃어버리기 위해 태어난 것.
내가 말하는 것, 말할 수 없는 것까지
이 모든 것이 파두라오

– Amália Rodrigues(아멜리아 호드리게스)
〈Tudo isto é fado(이 모든 것이 파두라오)〉

끝은 또다른 시작

📍 신트라 & 카보 데 호카

영국의 시인 바이런뿐만 아니라 포르투갈 왕실과 영국 귀족들에게 오랫동안 사랑받아온 신트라는 짙은 초록빛을 자랑하는 숲이 우거져 있고 초현실적으로 보이는 건축물이 군데군데 자리잡고 있다. 리스본과 전혀 다른 풍경 속을 거닐며 신트라 궁전Palacio Nacional de Sintra과 페나 궁전Palacio de Pena, 무어인의 성Castelo dos Mouros에 올랐다.

리스본에서 신트라는 기차로 신트라에서 카보 데 호카인 호카 곶에는 버스로 이동한다. 작은 마을을 지나면 세상의 끝, 호카 곶에 도착한다. 봉긋하게 오른 언덕에는 풀이 무성하게 자라 있고, 대서양을 마주 보는 십자가 비석이 우뚝 솟아있다. "이곳에서 땅이 끝나고 바다가 시작된다."라는 카몽이스의 시가 새겨져 있다.

유럽 대륙의 최서단에서 대서양이 시작된다. 끝은 시작과 맞닿아 있다. 두렵기도 하고 설레기도 한다. 거대한 대륙의 극동에서 여행을 시작해 지금 서쪽 끝에 와 있다. 꽤나 벅찬 경험이고 나에게는 대단한 성과였다. 이곳이 여행의 끝이었다면 벅찬 감동이 내 마음에 가득

했을 테다. 하지만 이곳은 내 유럽 여행의 끝부분이자 다른 여행의 시작을 앞둔 부분이다. 요즘 내내 나의 마음을 흔들었던 불편한 기분을 이곳에서 어르고 달랬다.

우리는 두려움을 이겨낸 곳에서 새로움을 조우한다. 태양이 지는 저곳에는 어떤 여행이 기다리고 있을까? 바람을 타고 오는 그곳의 목소리에 귀 기울이지만 들리는 건 관광객들의 시끌벅적한 목소리뿐이다. 어떻게 보면 나는 이런 소리를 들으러 여행을 떠나온 건지도 모르겠다. 삶의 분주한 모습들을 경쾌하게 거닐고 따뜻한 미소로 바라보는 일. 그리고 나를 생각하는 일. 이게 내 시시한 여행의 일상이다.

"강렬한 여명의 빛줄기는 마치 어머니의 입맞춤 같으니
이는 운명의 상처에 맞서 우리를 보호하고, 우리를 지탱하리라!"

– 포르투갈 국가 3절

아름다운 도시, 포르투

사 / 색 / 여 / 담

여행에서 최고로 아름다운 도시를 뽑으라면 나는 포르투갈의 포르투를 꼽곤 한다. 도시를 가장 화려하게 짓고자 하는 열망이 거북하지 않다. 포르투의 관문인 상 벵투역은 포르투갈의 타일 양식인 아줄레주가 유명하다. '작고 아름다운 돌'이라는 뜻의 아줄레주 양식으로 하얀 기차역 내부를 청색으로 화려하게 장식하고 있다. 기차역에서 나와 볼사 궁전, 성 프란시스코 성당, 클레리구스 성당을 지나면서 언덕을 내려가다 보면 포르투의 상징인 히베리아 지구에 도착한다. 포르투갈어로 강변을 뜻하는 이곳은 도우로강이 대서양과 만나는 지점에 위치해 있다. 낭만적이고 아름다운 마을이다. 이곳에서 에펠탑을 건축한 구스타프 에펠의 제자 테오필 세이리그가 지은 동 루이스 1세 다리를 건너 포트 와인의 성지인 필라노바드가이아로 갈 수 있다.

ALIADOS
BORN IN DUBLIN

포트 와인은 영국이 프랑스와 백년 전쟁을 벌일 당시 프랑스 와인 수입이 중단되자 포르투갈 와인을 수입하면서 탄생했다. 오랜 운송 기간 때문에 와인이 변질되자 와인에 브랜디를 섞어 발효를 막았다. 덕분에 와인보다 도수가 높고 달콤한 향이 그 특징이다. 와인통을 운반했던 작은 나무배인 라벨로 뒤로 보이는 포르투의 모습이 정말 아름답다. 유명한 와이너리에 들러 포트와인 투어에 참가해 포트와인을 맛본 뒤 와인 저장소인 아데가에서 파두 음악을 감상하는 건 놓치지 말아야 할 경험이다. 리스본에서는 쉽게 접할 수 없는 코임브라 파두를 구경할 수 있다. 삶의 애환과 고단함을 구슬프게 노래하는 리스본 파두와는 달리 코임브라 파두는 남성 파디스타가 부르는 밝고 경쾌한 파두다.

도시 전체가 아름다운 이유는 도시 곳곳에 자리 잡은 화려한 건축물 때문이기도 하지만 그 사이사이를 채우는 사람들의 모습 때문이다. 우중충한 날씨 속에도 포르투의 화려함은 가려지지 않듯 회색빛 건물을 다양한 색깔로 채워 넣은 골목을 지나는 일은 흥겹다. 작은 아뜰리에와 맛있는 음식을 파는 레스토랑에 들러 포르투 사람들과 섞이며 경쾌한 기분에 휩싸여 볼 수 있는 도시다.

생각이 고이는 곳, 마드리드

포르투갈을 떠나 다시 찾아온 스페인. 포르투에서 만나 마드리드까지 나를 태워준 J가 나를 솔 광장에 내려 주었다. 시 정부청사 앞에 스페인 도로 원점을 표시한 포인트 제로에 사람들이 발을 올리고 사진을 찍고 있었다. 태양의 문이 있는 솔 광장을 중심으로 아홉 개의 도로가 태양의 빛줄기같이 부채꼴 모양으로 퍼져있다. 사람들이 가득 찬 광장에는 여러 재주꾼들이 광장에서 거리 공연을 펼치고 있었다. 나는 이때까지 몰랐다. 마드리드는 스페인의 수도라 방문한 도시였다. 무조건 와야 될 도시도 아니었다. 어리숙한 강도를 만나기도 했다. 그럼에도 불구하고 나에게 최고의 가르침을 준 도시였다. '물이 고이는 곳'이라는 뜻의 마드리드는 나에게 생각이 고이는 곳이었다.

투우 - 죽음의 무도

나는 지금 유럽 3대 미술관 중에 하나인 프라도 미술관에 있다. 무료 입장시간 전이라 아직 한산하다. 8,000여 점의 작품 중 고야의 옷을 벗은 마하 작품 앞에 섰다. 이 그림도 처음 세상에 나왔을 때 엄청난 반향을 불러일으켰다. 당시에는 신화 속 여신만 나체를 그릴 수 있었다. 누드화의 대상이 실존 인물이라는 이유로 규제를 받았다. 아직도 외설과 예술의 경계를 논하는 자리에 빠짐없이 등장하는 예시 작품이다. 남성이 가장 성적매력을 느낀다는 비율의 몸매를 가진 여성의 나체화 앞에 섰는데 어제의 논쟁이 떠올랐다.

마드리드에 도착해서 가장 보고 싶은 것은 투우였다. 마드리드에 도착하기 전 인터넷이 연결되는 곳에서 수시로 투우 경기를 동영상으로 보곤 했다. 투우를 더 잘 이해한 다음, 보고 싶은 욕심이 있었다. 투우를 보고 싶은 마음에 숙소에 짐을 풀자마자 투우 경기장으로 향했다. 요즘에는 투우 경기를 찾는 사람이 많지 않아 입장 마지막 시간에 표를 할인해서 판다는 정보를 들었었다. 하지만 투우장은 불이 꺼져있었다. 내가 마드리드에 도착하기 불과 하루 전 콜럼버스가 아메리카 대륙을 발견한 1492년 10월 12일을 기리기 위한 콜럼버스 기념일을 기점으로 막을 내렸다고 한다. 콜럼버스가 참 여행에 도움이 되지 않는다고 불평해봤지만 결국 열망만 앞선 내 바보스러움이 문제였다.

투우를 못 봐 아쉽다는 기분을 말하니 다른 여행자들은 나를 미개하다는 눈빛으로 쳐다봤다. 동물을 비인격적으로 죽이는 장면을 못 봤다고 아쉬움을 토로하고 있으니 그럴 만도 했다.

투우는 분명 불공정한 싸움이다. 투우사는 주역을 마타도르matador라 하고, 그 밖에 작살을 꽂는 반데릴레로banderillero, 말을 타고 창으로 소를 찌르는 피카도르picador, 페네오peneo라는 조수 여러 사람이 한 팀이 된다. 한 마리의 소는 여러 사람을 번갈아 가며 상대해야 한다. 게다가 그들은 살상 무기를 들고 있는 반면 소는 오로지 자신의 몸만으로 그들을 상대해야 한다.

투우 경기에 투입되는 소는 투우장에 내보내기 전 24시간을 완전히 빛이 차단된 암흑의 방에 가두어 둔다. 먼저 블르라델로가 등장하여 카포테capote라는 빨간 천을 이리저리 휘두르면서 소의 분노를 유발한다. 소는 어두운 데 갇혀 있다가 갑자기 밝은 햇살 속에 나온 탓에 미쳐 날뛰며 장내를 휘젓는다. 이어 말을 탄 피카도르가 등장한다. 피카도르는 교묘하게 말을 부리면서 창으로 소를 찌른다. 다음 반데릴레로가 등장하여 소의 돌진을 피하면서 6개의 작살을 차례로 소의 목과 등에 꽂는다.

소의 입에서는 거친 숨과 하얀 거품이 흐르고 등에서는 빨간 피가 흐른다. 소는 더욱 흥분하고 경기장의 분위기도 고조된다. 마타도르가 '에스빠다'라고 불리는 긴 칼과 '물레타'라고 하는 막대기에 감은 붉은 천을 들고 등장하여 거의 미쳐 버린 소를 유인하고는 교묘하게 몸을 피하면서 소를 다룬다. 싸우기를 약 20분, 장내의 흥분이 최고도에 이를 무렵 마타도르는 정면에서 돌진해 오는 소를 목에서 심장을 향해 검을 찔러 죽이면서 투우는 끝난다.

내가 보고 싶었던 장면도 이 마지막 20분이다. 화려한 복장을 입은 마타도르가 아레나 중앙에서 자리를 잡은 다음 소를 다루면서 마치 춤을 추는 듯이 마지막을 준비한다. 이때 달려드는 황소가 두려워 소극적인 모습을 보이거나 성급하게 굴면 관중들은 엄청난 비난과 야유를 쏟아 낸다. 불공정한 싸움에서 숨이 멈출 때까지 끈질기게 싸우는 소에 대한 예의다. 물론 겁을 먹고 도망 다니는 소도 강제 퇴장을 당한다. 그리고 결국은 도살당한다.

동영상으로 유명한 투우 경기를 보며 황소의 투쟁에 큰 울림을 받았다. 마타도르의 화려하고 능숙한 몸동작이 아닌 경기장 모래에 시뻘건 피를 흘려 가며 피하거나 좌절하지 않고 온 힘으로 담대히 맞서는 검은 소의 모습은 가슴을 울렁이게 했다. 규칙이 불공정하다고 해서 한숨 쉬거나 무릎 꿇지 말라고, 비굴하게 목숨을 구걸하지 말고 죽을 때까지 온 힘을 다해 맞서라고 황소는 죽음으로 이야기해주었다.

아직 포르투갈과 프랑스 남부에서도 투우 경기가 행해지지만, 소를 죽이지는 않는다. 하지만 내가 보고자 했던 투우는 죽음이 있어야 완성이 되었다. 삶과 죽음이 모두 투우에 들어있어야 했다. 세상은 불공평하다. 불공평하니 우리 서로 여기까지만 하자고 한계를 그어버리는 싸움이 아닌 결국 질 거라는 것을 알면서도 죽음을 불사하는 싸움이 보고 싶었다. 죽음을 예술로 승화시키는 모습. 어쩌면 가장 아름다운 죽음을 이끌어내는 현장에 있고 싶었다. 사실 소를 죽이는 것은 붉은 천이 아니라 투우사다. 하지만 소는 투우사에게 달려들지 않고 천에만 연신 머리를 박아대며 죽어간다. 눈앞에 보이는 것에 믿음을 싹트고 그 확신에 속아 광적으로 처절하게 싸우다 죽어가는 모습. 인생과 너무나 닮아있다. 죽음과 삶의 극적인 부분을 도려내 확대하고 극화시킨 모습이 내가 느끼는 투우의 매력이었다.

나에게 미개하고 잔인한 모습이 있을 수 있다. 크게 보면 나의 유희를 위해 한 생명을 죽이는 일에 크게 분개하지 않기 때문이다. 하지만 단순히 잔인하게 찌르고 피 흘리는 모습에서 원초적인 흥분을 느껴서 투우를 좋아하는 게 아니다. 투우를 반대하는 사람들의 의견도 옳지만 나는 투우를 반대하지 않는다. 소고기의 대량 생산을 위해 좁은 공간에 소를 가둬 놓고 값싼 사료를 먹이는 모습. 마블링이 많은 소를 키우기 위해 비타민 섭취를 막아 눈이 멀어버린 소를 거대한 철봉으로 머리를 내려쳐 죽이는 관행에는 무관심하면서 왜 투우에만 민감하게 구는지 물어봤다가는 싸움만 날 게 뻔했다. 행복하게 살았다고 해서 잔인하게 죽을 의무는 소에게 없다. 생명은 그 자체로 존엄하다. 비교우위를 통해 그 가치를 판단해서는 안 된다. 많은 생각이 혼란을 가져온다. 그래서 난 침묵을 택했다.

투우가 얼마나 비인간적인지 이 미개한 여행자에게 한참을 설명해 준 뒤 자신들끼리 오늘 다녀온 세고비야의 대표 음식인 꼬치니요 사진들을 공유하는 모습을 보고 자리를 피했다. 세고비야의 꼬치니요 아사도는 태어난 지 3주 된 어린 돼지를 꼬치에 끼워 굽는 애저구이 요리다. 세고비야의 식당에선 잘 구워진 아기 돼지의 목을 그릇으로 내리치고 몸을 나눈 다음 그릇을 깨버리는 퍼포먼스를 하는 것으로 유명하다. 존중받아야 할 문화의 고유성과 없어져야 할 악습을 나누는 기준은 무엇인지 농염한 여자의 육체 앞에서 한참을 고민했다.

두 골리앗과 싸우는 외로운 다윗

투우 경기의 아쉬움을 프리메라리가스페인의 축구 리그 경기를 보며 달래기로 했다. 경기장으로 향하는 지하철에서부터 빨간색과 흰색의 줄무늬로 된 유니폼을 입은 사람들이 가득하다. 보통 스페인에 오면 레알 마드리드나 FC 바르셀로나의 경기를 보고 싶어 하지만 내가 프리메라리가에서 좋아하는 팀은 아틀레티코 마드리드Atlético de Madrid다. ATM으로 줄여 부르기도 하는 까닭에 'ATM'이라는 단어를 들으면 나는 은행 자동화 기기보다 이 팀이 먼저 떠오른다.

'레알 마드리드' 하면 호날두, 'FC 바르셀로나'에는 메시가 떠오르듯 대개 팀의 상징을 선수들이 맡고 있지만 아틀레티코 마드리드는 선수보다 감독이 더 유명하다. 아르헨티나 출신의 감독 '디에고 시메오네'가 그 주인공이다. 아틀레티코의 역사는 시메오네 감독의 전과 후로 나뉜다고 말해도 무방하다.

선수 생활을 하기도 했던 그가 아틀레티코의 감독으로 부임한 때는 2011년 12월이었다. 당시 아틀레티코는 겨우 유로파리그 출전권을 따낸 그저 그런 팀이었다. 시메오네가 부임하기 이전 15년 동안 아틀레티코는 단 2개의 트로피를 획득했다. 하지만 그가 온 이후 UEFA 유로파리그 우승 2011-12, UEFA 슈퍼컵 우승 2012, 코파 델 레이 우승 2012-13, 프리메라리가 우승 2013-14, UEFA 챔피언스리그 준우승 2013-14, 2015-16을 차지하는 강팀이 되었다.

막대한 자본을 쏟아 붓는 두 팀만이 지배하는 프리메라리가에서 아틀레티코를 강팀의 반열에 오르게 만든 건 그의 리더십이었다. 민

음을 기반으로 한 그만의 전술과 전략으로 구단의 지원이 막강하지 않음에도 강한 팀으로 탈바꿈시킬 수 있었다. 적절하게 선수를 판매할 줄도 안다. 그가 부임한 이래로 선수 판매 수익은 약 1,500억 원에 달한다. 팀의 주축 선수가 떠나도 빠르게 재정비하는 기민함을 보인다. 성적과 수익 두 마리 토끼를 지속적으로 잡아 나가는 그에게 많은 팬들과 선수들이 찬사를 보내고 있다.

직접 찾은 아틀레티코의 홈구장 비센테 칼데론은 홈 팀을 응원하는 열성팬들이 가득했다. 경기장에 수없이 터지는 폭죽, 화약과 맥주의 냄새가 가득한 경기장에서 그들과 같이 경기를 보는 게 참 두려웠다. 하지만 그들은 한국에서 온 나를 그들의 스트라이커 앙헬 코레아라고 부르며 반겨 주었다. 앙헬 코레아는 철자는 조금 다르지만, 발음대로 하면 '천사 대한민국'이라는 뜻도 된다.

경기 시간 내내 한번 앉지 않고 일어서서 선수들을 독려하는 시메오네 감독과 골을 넣을 때마다 감독에게 달려가는 선수들의 세레모니도 인상적이었다. 무엇보다 팬들이 선수들에게 보내는 믿음을 지켜볼 수 있었다. 경기를 리드하고 있어서일지는 모르지만, 후반에 교체되어 들어온 페르난도 토레스는 잦은 실수로 공격의 흐름을 끊었다. 토레스의 반복적인 실수에도 그들은 박수를 쳐주고 크게 소리 지르며 독려했다. 물론 앉아서는 조용히 욕하곤 했다. 그래도 고함치며 선수를 주눅 들게 하기보다는 실수해도 박수 쳐주고 지지해 주는 모습이 꽤 감명 깊었다. 내가 지지하고 응원하는 팀과 사람이 실수하거나 잘못을 범했다고 해서 적으로 돌아서 쓴소리와 질책을 아끼지 않았던 내 모습이 부끄러웠다.

진정한 지지자는 이런 모습이 아닐까? 순간 패배해도 이런 모습일까 궁금했지만, 승리의 기쁨을 그들과 나누는 것도 특별한 경험이었다. 변치 않는 믿음과 지지가 열악한 조건 속에서 싸움을 하는 방법이었다. 부족한 현실에 좌절하지 않고 고유한 철학으로 맞서 싸우는 그들의 모습에서 유형의 자원이 아닌 보이지 않는 무형의 힘과 능력이 중요하다는 사실을 다시금 깨달았다.

추락을 두려워하지 마라 – 이카로스

이카로스는 많이 알려진 바와 같이 그리스 신화에 등장하는 인물이다. 아버지 다이달로스가 만든 밀랍 날개를 달고 크레타 섬을 탈출하다가 태양 가까이 날아 밀랍이 녹는 바람에 떨어져 죽었다. 마요르 거리에 한 건물 위에 그의 동상이 있었다. 태양을 피하기 위해 애쓰던 나는 멍하게 그가 떨어지고 있는 하늘을 바라보았다.

이카로스는 부푼 욕망과 들뜸을 제어하지 못하고 결국 곤두박질치는 철없는 인물로 묘사되곤 한다. 많은 예술작품에서도 애틋한 마음으로 살뜰히 챙기는 아버지 다이달로스 옆에서 조언을 귀담아듣지 않는 무모하고 철없는 소년의 얼굴을 하고 있다.

하지만 지금 이카로스는 나에게 이렇게 말하는 듯했다.

"너는 그럼에도 불구하고 한 번이라도 높이 날아본 적이 있느냐?"

추락과 상실에 두려움에 자신을 구속할 뿐 꿈을 위해 높이 날아보려는 시도도 하지 않은 채 불안함에 자신을 구속하며 삶을 단순히 연명하고 있지는 않은지 물어보고 있었다.

다이달로스는 아들 이카로스에게 날개를 달아 주며 "너무 높이 날면 태양의 열에 의해 밀랍이 녹으니 너무 높이 날지 말고 너무 낮게 날면 바다의 물기에 의해 날개가 무거워지니 항상 하늘과 바다의 중간으로만 날아라!" 라고 단단히 주의를 주었다. 내가 들어온 삶의 충고와 크게 다르지 않았다.

'중간이 가장 좋다. 앞에 나서지도 말고 그렇다고 뒤처지지도 말아라.'

'모난 돌이 정 맞는다.'

안정을 최고의 가치로 생각하고 실패가 두려워 도전하지 않는 무료한 삶을 살고 있지는 않은지 묻는 그에게 나는 무슨 대답을 할 수 있을까?

삶을 살아가면서도 추락하지 않는 무난함보다는 추락하더라도 도전해보는 용기. 단순한 추락을 배움의 도구로 사용할 수 있는 지혜가 중요하다. 나는 지금 무엇이 두려운 걸까?

"한 번도 실수를 해보지 않은 사람은
한 번도 새로운 것을 시도한 것이 없는 사람이다."

– 알버트 아인슈타인

"설사 당신이 아주 중대한 실수를 저질렀다 하더라도
당신에게는 반드시 또 다른 기회가 있다.
실패는 추락하는 것이 아니라 추락한 채로 있는 것이다."

– 메릭 픽포드

"Stay Hungry, Stay Foolish
(항상 갈구하라, 바보가 되는 걸 두려워하지 마라.)"

– 스티브 잡스

케 세라 세라(될 대로 되라지)

📍 콘수에그라

다른 사람에게 비유할 땐 무모하고 고집 센 정신병자로, 자신을 표현할 때는 세상의 길이 아닌 나만의 길을 가는 뚝심 있고 자기주도적인 영웅으로 묘사되는 돈키호테의 배경이 된 라만차 지방의 도시 콘수에그라로 향했다.

콘수에그라는 풍차 마을이기도 하고 돈키호테 루트에 포함되어 있지만 사실 돈키호테와 밀접하게 연관되어 있지 않다. 라만차 지방의 다른 도시 '알칼라 데 에나레스'에는 세르반테스의 집이 있고, 돈키호테가 풍차를 거인 브레아레오로 오해해 공격한 『돈키호테』 8장에 나오는 풍차 마을은 '캄포 데 크립타나'다. 하지만 정확한 길을 따른다면 돈키호테의 자유로운 삶을 음미하는 바람직한 방법은 아니라고 생각했다. 에스파냐의 국왕 필리프 3세는 어떤 사람이 길에서 책을 읽으면서 눈물을 줄줄 흘리고 배꼽이 빠져라 웃어대는 모습을 보면 미친놈 아니면, 『돈키호테』를 읽고 있는 사람이라고 했다.

사실 나는 『돈키호테』를 완독하지 못했다. 등장인물만 650여 명에 달하는 이 방대한 소설은 의외로 상당히 지루하다. 『돈키호테』에 아낌없는 찬사를 보내는 사람들조차도 완독보다는 선독을 권한다. 세르반테스는 돈키호테의 여정 곳곳에 쓸데없어 보이는 에피소드를 늘어놓았다. 원고의 양을 늘리기 위해 기존의 습작 단편을 포함시켰기 때문이라고 전해진다. 하지만 『돈키호테』완역본은 꼭 읽어봐야 할 고전이다. 서사는 우리의 예상을 빗겨가고 도무지 이해할 수 없는 미친 돈키호테의 행동들에 고개가 끄덕여지기 시작한다. 세르반테스는 인생의 역경과 고통 속에서 피어난 수많은 이야기를 이 책에 쏟아내었다. 그의 방대한 문장은 우리 시선을 매몰시키기도 하고 확장시키기도 한다.

콘수에그라 버스 정류장에 내리니 사람이 없이 한적하다. 언덕 위에 있는 풍차를 향해 무작정 걸었다. 돈키호테의 애마인 로시난테와 충직한 부하인 산초는 내 곁에 없었지만 나도 내 방식대로 느릿느릿 걸었다.

비를 맞으며 언덕을 오르니 나도 미쳐가는 듯했다. 마초랑 이름이 비슷한 스페인 맥주 'Mahou 마호'를 한 캔 마시니 더욱 그랬다. 풍차 위로 솔개가 날아가 정말 멋있다고 생각했는데 제대로 보니 산 비둘기였다.

'미친 세상 어찌 미치지 않고 제정신으로 살 수 있겠는가?' 라고 생각하며 자유를 만끽했다. 귓가에서 흘러나오는 '케 세라 세라'의 후렴구를 흥얼거리며 비에 흠뻑 젖은 채로 광녀처럼 걸었다. 스페인어 '케 세라 세라'를 좀 더 정확히 표현하면 '이루어질 것은 결국 그렇게 이루어지기 마련이다'라는 뜻이다. 나를 내려놓듯 걱정도 내려놓기로 했다.

세르반테스의 인생은 돈키호테보다 더욱 파란만장했다. 어린 시절 아버지의 빚으로 가정의 전 재산이 차압 당하고 스페인 전역을 떠돌며 살았다. 그는 군인이 되었고 레판토 해전에 참가한다. 군인은 안전을 도모하기보다 전쟁터에서 죽는 것이 더 명예롭다고 믿었던 그는 열병에 걸렸음에도 전장으로 나선다. 가슴에 총상을 두 차례 입고서도 버텼지만 세 번째 총을 맞고 '레판토의 외팔이'가 되었다. 장애를 견디며 5년을 더 버티다 제대를 결심한다.

불행은 끝나지 않았다. 고향으로 돌아가던 중 해적의 습격을 받고 알제리에 노예로 팔려가게 된다. 네 차례나 탈출을 시도했지만 모두 실패로 돌아갔다. 우여곡절 끝에 노예생활 4년 만에 고향으로 돌아간 그는 어렵게 말단 공무원이 된다. 하지만 사기를 당하고 비리에 연루되어 징역을 살게 된다. 출소 후 그에게 남은 것이라곤 오른팔과 맞물리지도 않는 치아 6개였다.

그는 오른팔로 글을 쓰기로 결심한다. 하지만 발표한 소설과 희곡은 모두 실패한다. 결국 『돈키호테』가 인기를 끌었을 때도 출판사에 모두 판권을 넘긴 까닭에 돈을 벌지도 못했다.

"산초여, 제정신으로 자네가 가져올 행복을 즐기든가,
아니면 미쳐서 자네가 가져올 불행을 느끼지도 못하든가 말일세."

– 세르반테스, 『돈키호테』

러시아의 소설가 투르게네프는 인간의 유형을 두 가지로 분류했다. 어떤 문제를 두고 '죽느냐 사느냐 그것이 문제로다.'라고 고민하고 사색하는 소극적이고 신중한 햄릿형과 무모하게 보일 정도로 실행하고 도전하는 적극적인 돈키호테형이다. 비슷한 시기에 태어나 1616년 같은 해에 죽은 셰익스피어와 세르반테스의 작품 속 두 주인공은 정반대 성격의 인물이었다이 둘은 같은 날에 죽은 것으로 알려져 있지만 이는 사실이 아니다.

나를 굳이 분류하자면 햄릿형에 속한다. 신중함으로 포장된 소심함과 두려움이 선택의 순간에는 큰 장애가 되었다. 이 두 가지 부류 중에 어느 사람에 속할까 한참을 고민한 점, 세상에 어떠한 영향을 미치지도 못하는 미미한 존재라는 걸 너무나도 잘 알면서도 혹시 라틴 아메리카로 떠나는 게 나 자신에게 악영향을 미치지 않을까 고민했던 모습이 그 좋은 예다. 그러다가 헤밍웨이의 소설 『노인과 바다』의 한 구절을 보고 쿠바를 가기로 했던 계획을 재차 다짐했다.

"너무 생각하지 말게.
이대로 곧장 배를 몰다가 불운이 닥치면
그때 맞서 싸우시지."

– 어니스트 헤밍웨이, 『노인과 바다』

무작정 떠나온 여행. 발걸음 닿는 대로 떠나기로 했다.
"케 세라 세라"

그것은 진정한 기사의 임무이자 의무 아니 의무가 아니라 특권이노라
불가능한 꿈을 꾸는 것 무적의 적수를 이기는 것
견딜 수 없는 고통을 견디는 것 고귀한 이상을 위해 죽고
잘못을 고칠 줄 알며 순수함과 선의로 사랑하며
불가능한 잠에 빠져서도 믿음만으로 별에 닿는 것

– 세르반테스, 『돈키호테』